家族のシナリオ

小野寺史宜

祥伝社文庫

目次

ダルダルな一学期

「もう！　何なの？」とれなが言い、

「知らないよ」とぼくが言う。

「お腹空《す》かせて帰ってきてんのに、ご飯の支度《したく》が始まってないどころかお母さんがいないって、何？」

「だから知らないよ」

「最近こんなのばっかじゃん。いったいどこ行ってんのよ」

「知らないって」

わたし不機嫌の絶頂、とばかりにドスドス廊下を歩き、れなは自分の部屋に戻る。バタンと音を立ててドアを閉めることも忘れない。

中学に上がって二ヵ月。れなはますます難しくなった。

といっても、難しいのは母やぼくに対してだけ。学校ではうまくやってるみたいだ。ソフトテニス部に入ってる。きちんと続いてる。高校に上がって三日でテニス部をやめたぼくとは大ちがい。そこはほめるしかない。

それにしても、午後七時半。母は本当に遅い。この分だと晩ご飯は八時半、ヘタをすれば九時すぎになるだろう。部の練習で疲れて帰ってきたら、これ。れながイラつくのも、わからないではない。

居間でテレビを見てるうちに、今度は友《とも》さんが帰ってきた。インタホンは鳴らされず、カチャリとドアが開けられる。

「ただいま」と言う声が聞こえてくる。

「おかえり」さっそく報告する。「お母さん、またいない」

れなが玄関に出ていく。

「あ、ほんとに？」

友さんは、何もなければこの時間に帰ってくる。勤務地は四葉《よつば》。ＪＲのみつば駅から私鉄の四葉駅までバスで十分、そこからは徒歩五分。近いのだ。

友さんは居間にやってきて、ぼくにも言う。

「ただいま」

「おかえり」

「じゃあ、メシはまだだ？」

「まだ。用意もなし」と、続いてやってきたれなが答える。

「いや。聞いてない」

「想《そう》くん、何か聞いてる？」

　ここで母に電話をかけたりメールを出したりしない。友さんの決断は早い。

「そっか。じゃ、ピザとろう」

「いい！　ピザ最高！」

　友さんの帰宅ですでに直りかけてたれなの機嫌がはっきりと直る。

「おれは着替えてくるから。何頼むかは二人で決めといて」

「決める決める。お兄ちゃんは何でもいいよね？」

「何でもよくはないよ」

「いつも言うじゃん、何でもいいって」

「お前があれこれ迷うからだろ」

「お前って言うのやめてよね。エラソーに」

「れなが迷うからだろ」と素直に言い直す。

　いちいち言い返してもしかたがない。こないだ、ナマイキなこと言うなと返したら、人にナマイキとか言うほうがナマイキでしょ、と返された。わたしのクラスにもいるよ、そういう男子。

　その男子たちもさぞや振りまわされてることだろう、この女子に。

五分もしないうちに、友さんが黒のスーツからTシャツとハーフパンツに着替えて戻ってきた。

Tシャツも黒だが、洗濯のしすぎで色落ちし、かなり白っぽくなってる。高校生のころから着てるというから、無理もない。柄はハードロックバンドのAC／DCだ。いつもどおりのスクールボーイ姿、ブレザーに半ズボンのアンガス・ヤングがギターを弾いてる。そのアンガスまでもが白っぽい。

結局、頼むピザはれなが一人で決めた。四種類が一枚になったやつだ。そのLサイズ。ほかにチキンとポテトとサラダ。

ピザは四十分ほどで来た。いつもポテトを食べない母には、ピザ二切れとチキン一つとサラダ少々を残した。ダイニングテーブルに着き、それぞれにいただきますを言って、食べはじめる。

「たまに食うとうまいわ、ピザは」と友さん。「あ、食うとじゃなくて、食べると」

「わざわざ言い直さなくていいよ」とれなが笑い、

「いや、ほら、苗《なえ》ちゃんに怒られちゃうから」と友さんも笑う。

その苗ちゃんというのが母だ。正真正銘の、母。ぼくとれなを産んでる。

と、わざわざそう言うのには理由がある。友さんこと友好《ともよし》さんは、正真正銘の父ではないのだ。内縁の夫とか、そういうことでもない。父は父。母と結婚はしてる。夫婦にはな

って る。

ここからがちょっとデリケートなとこだけど。ぼくとれなとも血はつながってる。ただ、つながり方が微妙。母はぼくらの父と離婚し、その弟である友さんと再婚した。要するに友さんは、ぼくとれなの元叔父《おじ》さんなのだ。

よくあることではないが、まったくないことでもないらしい。例えば早くに夫が亡くなり、その弟と再婚するというのは、そう珍しいことでもないようだ。

とはいえ、正真正銘の父、ぼくとれなの生物学上の父、安井直仁《やすいなおひと》は生きてる。今も一人でみつばに住んでる。みつば南団地のD棟五〇五号室。母と離婚して、このみつばベイサイドコートB棟一二〇六号室からそちらへ移ったのだ。

叔父さん時代は、友さんを普通に叔父さんと呼んでた。でも父になると、もう叔父さんと呼ぶわけにはいかなくなった。元父も近くにいるので、お父さんとも呼びづらい。そう簡単に切り換えられるものでもない。

で、どうなったか。友さん、になった。叔父さん時代から友くんと呼んでた母が、再婚してからもそう呼んだからだ。母が友くんなら、ぼくらは友さんだろう。そんな理屈で、友さんに落ちついた。ちっともおかしくない。と思う。

ピザを食べながら、三人で話をする。

ウチの場合、そんな事情だけに、妙な緊張感が生まれることはない。あぁ、ヤバいヤバい、新しいお父さんと何か話さなきゃ。とは、ぼくもれなもならない。

友さんが友さんであることも大きい。四十四歳だが、若いのだ。髪は薄くないし、太ってもない。AC／DCのTシャツにも無理がない。

今も、ピザをうまそうに食べながら自分から訊《き》く。

「れなちゃん、テニスどう？」

「ソフトテニスね」

「あぁ。今はそうなんだね。昔は軟式テニスって言ってたけど。軟式庭球で軟庭《なんてい》とか。で、どう？　うまくなった？」

「なんないよ。まだラケットだってロクに振らせてもらえないもん」

「マジで？　おれのころならわかるけど、今もそうなの？」

「振らせてもらえなくはないけど、打たせてはもらえないかな。コートが一面しかないのに人数は多いから、一年は素振りだけ。三年生が引退するまでは無理かも」

「それはつまんないな。球技なら、球を扱ってナンボだもんね」

「友さんは、中学のとき、サッカー部だっけ」

「そう。レギュラーじゃなかったから、ほんと、つまんなかったよ。レギュラーじゃなくたって、やっぱ試合をやりたいじゃん。部内の練習試合でもいいからさ。けど、そういう機会はなかったな。レギュラーになれないと、一度も試合をしたことがないまま終わるんだ。変だよね、ちょっと」

「だからやめたの？」

「うん。そうなることが見えたから、二年の秋ぐらいに。つまんないからやめますって」

初耳だ。知らなかった。友さんは元サッカー部で、しかもやめてたのか。

「つまんないからって言ったの？　先生に」

「言ったね。二年だったから、受験のためとか言うのは早すぎたし」

「わたしもやめるときはそう言お。つまんないからやめます。で、ＬＩＮＥとかで仲間外れにされて、ひどい目にあう」

「じゃあ、よしなよ」

「よす。今んとこ、つまんなくないし」れなはチキンを手にして言う。「そんなことよりさ、お母さん、こんなに遅くまで何してんの？　友さん、知ってる？」

「知らないけど。あれじゃん？　ほら、パート先を探してるんじゃん？」

そうかもしれない。先月、ゴールデンウィークが終わったあたりで、母が勤めるクリーニング屋さんがつぶれた。それから何日か、母は新たなパート先を探したが、決まるには至らなかった。最近はもうその話もしなくなってたから、とりあえずパートはしないことにしたのだと思ってた。

「だったらそう言えばいいじゃん」とれなが毒づく。

「決めてから言おうと思ってるんでしょ。だから、まあ、大目に見てやってよ」

「七時を過ぎて連絡もないなんて、立派な門限破りじゃん。ズルいよ、自分だけ」

「門限て」とつい言ってしまう。「そんなの決められてないだろ、お前だって」

「だからお前って言わないでよ」

「れなだって、決められてないだろ」

「今はでしょ」

「あ、何？」と友さん。「もしかして、兄貴は決めてたとか？」

「そう。七時」とれなはあっさり答える。

「兄貴が決めてたってことは、れなちゃんはまだ小四だよね？　小四で門限七時は、ゆるくない？　五時とか、せいぜい六時ならわかるけど」

「でも塾とか行ってたら無理じゃん」

「行ってなかったろ、塾なんて」とそこも言ってしまう。

「だから行ってたらって言ってるでしょ」

「その行ってたらは無意味だろ」

「うるさい」

ピザにチキンにポテト。満腹でもないが、もう充分。

妹に言い負かされて逃げるみたいだなぁ、と思いつつ、ごちそうさまを言って一足先に席を立ち、自分の部屋に逃げる。じゃなくて、戻る。

たぶん六畳まではない洋間。勉強机の前のイスに座り、新しいのを買うからと元父が置いてったパソコンを立ち上げる。初めは友さんがつかってたものの、今はぼくがつかってるノートパソコンだ。機能的には問題ないが、四年前のモデルなので少し厚い。

友さんがCDから落とした音楽をかける。AC／DCの『バック・イン・ブラック』だ。デビュー作から最新作まで、アルバムはすべて入ってる。

ハードロックは大音量で聴かなきゃ、と友さんは言うが、住宅事情がそれを許さない。といって、イヤホンの大音量もキツいので、いつもパソコンの貧弱なスピーカーから小音量で流す。

それでもAC／DCは強烈だ。アンガス・ヤングのギターもすごいが、ヴォーカルもすごい。そのジャンルのほかの人たちともちがう、独特の金切り声。ブライアン・ジョンソンはもう六十代後半だが、今もその声でうたってる。すごいと言うしかない。

そのAC／DCをバックに、ネットを見る。

文字や映像を見るときはメガネをかける。学校では、ずっとかけてる。リムが細い銀縁《ぎんぶち》メガネだ。お客さまのお顔ですとこのタイプがよろしいかと。メガネ屋さんにそう言われてそれにした。似合ってるとは思えない。思えないまま、早二年が過ぎた。

いずれはコンタクトにしたいが、ふんぎりがつかない。コンタクトは、ちょっとこわい。人がつけるのを見るだけでヒヤヒヤする。自分の目玉になんて触れない。想像しただけで、涙が出る。

ぼくの視力は、〇・七と〇・二。右目が特に低い。左が〇・七あればいいじゃん、と思うかもしれない。よくない。両目の視力がちがうと、ものがブレまくるのだ。一方の目だけでずっと見つづけられるならいいが、そうはいかない。左目で見ているとこへ右目が加わると、途端にブレる。ものが二つになる。

右目の視力が下がった原因は、はっきりしてる。中学のときに、サッカーボールが直撃したからだ。

体育の時間だった。グラウンドでの授業の予定だったが、雨が降り、場所が体育館に変更された。フロアでは女子たちがバスケをしてた。ぼくらは二階の隅にある狭いスペースに追いやられた。

二階の窓を開け閉めするためにある狭い通路に一人で立ち、手すりにもたれた。右方では、どこからかサッカーボールを見つけてきた男子たちがフットサルをしてた。先生に怒られるぞ、と思いつつ、ぼくは女子たちのバスケの試合を眺めた。

バツン！　といきなり衝撃がきた。無防備に手すりにもたれてたとこへ、横から。どうしようもなかった。衝撃とそれに続く痛みとでわけがわからず、ぼくはその場にしゃがみこんだ。

すぐに何人かが寄ってきて、モロだよ、だの、だいじょぶ？　だの言った。ごめんごめん、と謝ってきたことで、蹴《け》ったのはよりにもよってサッカー部員だとわかった。そのボールが誰かの足に当たり、変な回転がかかって飛んできたのだ。

何日かして、右目の視界に黒い点が見えるようになった。羽虫のような点だ。小さかったが気になった。

眼科医院に行き、調べてもらった。異常はなかった。点はいずれ消えますよ、と言われた。実際に、消えた。が、視力も低下した。

小音量ながらにぎやかなＡＣ／ＤＣが流れるなか、ぼくのネット閲覧《えつらん》は続く。映画関係のサイトをひととおりまわると、今度はもうちょっと限定し、ヒッチコック関係のサイトの検索にかかる。

次は何を観ようかなぁ、と思う。ブルーレイのボックスセットを持ってるので、有名どころはほとんど観たが、ヒッチコックがハリウッドに渡る前のイギリス時代の作品にはまだ観てないものがたくさんある。なかでも傑作との評判が高い『三十九夜』は、そろそろ観るべきだろう。

そうやってヒッチコックを追ってると、いつしか日本の映画監督のサイトに行き着いた。その人が、好きな監督としてヒッチコックを挙げてたのだ。

末永静男《すえながしずお》。その名前には覚えがある。『夜、街の隙間《すきま》』を監督した人だ。

『夜、街の隙間』には、須田登《すだのぼる》と並木優子《なみきゆうこ》が出てる。早川《はやかわ》れみも出てる。早川れみ。当時の本名は、栗山早苗《くりやまさなえ》。現在の本名は、安井早苗。母だ。

早川れみは、元タレントにして元女優。二十代前半で引退した。その名で検索をかければ、母の画像がいくつも出てくる。どれも昔の画像だ。平成の初めごろ。だから古めかしい。何となくあか抜けない。髪型や服装が、今とは全然ちがうのだ。

芸能人とはいえ、母。若いころとはいえ、母。その画像。そう見たいものではない。と言いながらも、こんなふうにきっかけがあれば、見てしまう。新しいものが出てないか、早川れみで検索もしてしまう。

今のぼくぐらいの歳の母。画像を見てるだけで、不思議な気分になる。なかには水着姿のものもある。髪は黒い。茶髪っぽいものは一つもない。いわゆる清純派ではなかったはずだが、それでも、ない。

バカ売れするまではいかなかったが、テレビにもちょくちょく出てたらしい。これまた昔の動画でいくつか見たことがある。どれも画像がよくないので、あまりぴんとこない。でもこのころの母はきれいだ。髪型や服装が今の流行《はや》りとはちがっても、人間、根本は変わらない。きれいな人は、何年後に見てもきれいだ。ヒッチコックの映画に出てくるグレース・ケリーが、今見てもきれいであるように。

早川れみは、『夜、街の隙間』で、初めて映画に出た。二十一歳だったが、そこでの演技はかなり評価されたらしい。

ブルーレイどころかDVDとしても商品化されてないから、観たことはない。観たいような気もするし、観たくないような気もする。例えばキスシーンがあったら困る。ベッドシーンがあったらもっと困る。

玄関のほうで、何やら音がする。母が帰ってきたらしい。

あわててすべてのタブを閉じ、履歴を消した。エロ画像を見てたわけじゃないから、別に消すこともないのだが、やはり消してしまう。ちょっとパソコン貸して、と母が言ってきたらマズいから。

「あ、ピザとったの？　じゃあ、よかった」と言う母の声が聞こえてくる。

「よくないよ」と言うれなの声も。

高校へは徒歩で通ってる。県立みつば高校。ベイサイドコートと同じく蜜葉《みつば》市みつばにある。ベイサイドコートが三丁目で、みっ高が一丁目。海を埋め立てて造成したみつばは広いから、ゆっくり歩くと十五分かかる。でも近い。

近いけど、ダルい。高校生はいつもダルい。中年の人たちがよく口にする、朝ダルくて起きれない、というようなダルさを覚えてるわけでは、たぶん、ない。ただダルい。高校生でいることが、もうダルい。何かダルくね？　と言ってれば一日が過ぎる。

今も、うつらうつらしてる。弁当を食べ終えての昼休みだ。

何せ、帰宅部。友だちという友だちもいないので、昼休みはこうしてることが多い。クラスでしゃべるのは、文芸部の望月《もちづき》くんと地学部の目黒《めぐろ》くん、その二人くらいだ。部室にでも行ってるのか、今はどちらも教室にいない。

ぼくの席は、窓際の列の一番後ろ。名字が安井だから、アイウエオ順で、出席番号が最後なのだ。三十八番、目黒。三十九番、望月。四十番、安井。近い。だからその二人と話すようになった。

机に突っ伏したまま、左方、窓の外を見る。教室は三階。窓に目を向けたところで、新棟の上に広がる空が見えるだけ。新棟の屋上からなら見える東京湾までは見えない。

前の席に誰かが座る。

望月くんが帰ってきたのかと思ったら。

「ダラダラしてるねぇ」と言われる。女子の声だ。

クラスで気安く話す女子なんていない。クラスでなくてもいない。誰かと思って見ると。

美衣《みい》だ。同じみつば南中から同じこのみっ高に進んだ、梅本《うめもと》美衣。同じベイサイドコートに住んでもいる。棟は別。ぼくがB棟。美衣はA棟。隣人という感じはまったくない。

単に同期生というだけ。

だから余計あせった。E組の美衣がC組の教室に来るなんて初めてだ。

身を起こして、尋ねる。

「誰か探してんの？」

「探してない。安井くんに会いに来た」

外してたメガネをかけて、言う。

「えーと、何？」

「テニス部に入ったんでしょ？」

「え？」

「で、やめたんでしょ？」

「あぁ。うん」

「テニス部の子に聞いたの。ウチのクラスの男子。一日二日でやめちゃったって言ってた」

「二日じゃないよ。一応、三日」

「二日も三日も同じじゃない」

「でも一日と三日はちがうでしょ。三倍だよ」

「変な理屈」と美衣が笑う。あきれ笑いだ。「何でやめたの？」

何でぼくがその質問に答えるの？　と言いたいのを抑えて、答える。

「何かダルくて。やたら走らされるんだよ。海まで走らされる」

「運動部なんだから、走るでしょ」

「そうだけど。毎日これはキツいなって」

「毎日走るだけってことはないよ。まずはそういう子たちをふるい落とすためにわざと走らせたんでしょ」

まずは。そういう子たち。ふるい落とす。

キツい。走るのがじゃなく、言葉が。

「そう、だろうけど」

「で、ふるい落とされちゃったわけだ」

「まあ」

質問の意図が読めない。来訪の意図も読めない。まさか、同じ南中の卒業生としてぼくのふがいなさを罵《のの》りに来たわけでもないだろう。

「今は何もしてないんだよね？　何部にも入ってないんでしょ？」

「部には、入ってないよ」

「じゃあ、演劇部に入りなよ」

「は？」

「入ってよ」

「何、急に」

「人が足りなくて困ってんの。部員、今四人しかいない。三年生はゼロで、二年生は二人。一年はわたしともう一人。五人いないと、来年は部でいられなくなっちゃうかも。今年五人にできなかったら、たぶんアウト。だから入って」

「いや、無理でしょ」

「何で無理？」

「何でって。いきなり演劇部には入らないよ」

「安井くん、中学で帰宅部だったのに、いきなりテニス部に入ったじゃない」

「それとこれとは別だよ。テニスは、一応、おれ自身がやろうと思ったわけだし」

「三日で心が折れちゃったじゃない」

「折れちゃったけど」

「その程度のやりたさだったんだよ」

そう言われると、何も言えない。言葉がビシビシくる。君はれなか、と言いたくなる。

話題をかえるべく、今度はこう尋ねる。

「梅本さんは、演劇部だったの？」

「そう」

「初めから?」

「初めから」

知らなかった。知ってたのは、中学ではやってたバスケを高校ではやらなかったところまでだ。

「バスケは、やめちゃったの?」

「やめちゃったというか、部には入らなかった。同じことかもしれないけど」

「結構うまかった、んでしょ?」

訊くまでもない。うまかった。市選抜とか何とか、そんなのに入ってた。

実を言うと、サッカーボールが右目を直撃したとき、ぼくはこの美衣のプレーを見てたのだ。体育の授業レベルではダントツだった。本気ではないのに、何点もとってた。一人対五人でも、余裕で相手チームに勝てたろう。

「それほどうまくはなかったよ。もっとうまい子はたくさんいる」

「上を見ればそうだろうけど。もったいなくない?」

「もったいなくない。やりたいことをやらないほうがもったいない」

いや、もったいないよ、とやはり思う。君のせいで視力が低下したんだぞ、と理不尽なことまで思う。

「受験が終わってここの生徒になることが決まってからも、まだバスケはやるつもりでいたの。で、卒業式も終わっての春休み。東京に住んでるいとこが、進学祝ってことで芝居を観に連れてってくれた。そこでガツンとやられちゃったわけ。小劇場も小劇場、百人も入れないの。イスはただの丸イスで、隣のお客さんと肩はぶつかる。舞台も狭い狭い。客席との段差もなくて、ほんと、すぐそこでやってる感じ。役者の表情もはっきり見えるし、息づかいも聞こえる。マイクなんかなくて、すべてナマ声。セリフの言いまちがえも、そのまま伝わっちゃう。でも芝居は続く。何かすごいなって思った。もうこれしかないでしょって」

「それで、演劇部に？」

「そう。バスケはおしまい。やめないけどね、部でやらなくてもいい。たまに公園とかでやれれば充分。ほら、みつば中央公園にもゴールがあるし」

「うまいのに、やらないんだ？」

「それは関係ないよ。ほかにやりたいことがあったら、そっちをやるでしょ」

「うーん」と考えこむ。

卒業式が終わっての春休み。ぼくはこの昼休みのように、ダラダラと過ごした。卒業式が早い時期にあったから休みが長くて得したな、なんて思ってた。長くなった分、長くダラダラした。

進学祝には、ヒッチコックのブルーレイボックスセットを買ってもらった。元父も何かくれると言うので、そのセットから洩《も》れてたイギリス時代のモノクロ作品のブルーレイを六枚買ってもらった。親が離婚してると便利だな、と思った。そして毎日ヒッチコック映画を観た。

「芝居を観たのがもう一年早かったら、強い演劇部がある学校を受けてたと思う。早くなかったから、みっ高。演劇部はあるけど、部員は二人。ほとんど活動してない。つぶれる寸前。でもあるだけまし。そう思うことにした。なら自分ががんばろうって」

「どうがんばるの？」

「演劇にもさ、運動部みたいに、全国大会ってあるのよ。地区大会があって、県大会があって、ブロック大会があって、全国。ただね、全国大会が七月とか八月だから、一つ前のブロック大会を勝ち抜いた三年生は出られないの。だから三年生で出ようと思ったら、二年生の秋冬のブロック大会に勝たなきゃいけない。となると、一年の今からもう時間がないわけ」

「全国大会って、野球で言う甲子園でしょ？　それに、出ようと思ってる？」

「出たいと思ってる。ただ、今は地区大会にも出てないから、現実的にはちょっと無理。でもせめてその地区大会には勝って、県大会に行きたい。やるからには一度ぐらい勝ちたい。これは本で読んだんだけど、二人うまい部員がいれば、県大会までは進める可能性があるみたいなの」

「二人、いるの?」

「部長のコガアイゾウ先輩、知ってる?」

「知らない」

　古賀愛蔵、だそうだ。

「その愛蔵先輩、何と、元子役なの。安井くんのお母さんみたいに、テレビのドラマに出たこともあるんだって。今はもうやってないけど」

「へぇ」

「だから経験者も経験者。実力はある。その愛蔵先輩で、まず一人。あとの一人には、わたしがなる。なんなきゃ」

　うまかったバスケをやめて、やったことのない演劇へ。

　すごい。思いは伝わった。

　で、こう訊くしかない。

「でも、何でおれ?」

「帰宅部だから」

「帰宅部なんて、ほかにもいるじゃん」

「いるけど。正直に言うと、何人かには断られた。正しく言うと、何人もに断られた」

「まあ、そうだろうね。普通は断るよ」

「安井くんが最後の切札《きりふだ》。とっといたの、最後まで」

「何それ」

「残りものって意味じゃないよ。見こみのない人から先に声をかけたの。一人と言わず、何人入ってくれてもいいわけだから。結局は一人も入ってくれなかったけど。で、ついに最後。切札」

「だから何それ」

「敬意を表したのよ。女優さんの息子に、そう簡単に声かけられないから」

「元女優、元タレントね。どっちにしても元ね、元」

今でもたまにこんなことがある。中学の同級生も含めたご近所さんの何人かは、母が元芸能人であることを知ってるのだ。もう二十年近く前の話だし、そう売れてたわけでもないから、ぼくの世代では早川れみの名前を知らない人のほうが多いけど。

「でも、ほら、さすが息子だけあって、安井くん、よく見ると顔いいし」

女子にいきなりそんなことを言われ、ややたじろぐ。

「顔、いい？」

「よく見るとね。メガネかけてカッコ悪くしてるから、あんまりわからないけど」

「別にカッコ悪くはしてないよ」

「あ、そうなの？　わざとそうしてるのかと思ってた。とにかくさ、いいでしょ？　演劇部、入ってよ。テニス部をやめたんだから、やることもないでしょ？」

「なくはないよ。あるよ」

「何？」

「えーと、映画を観たり。ブルーレイでだけど」

「何の映画？」

「ヒッチコック」

「ヒッチ？」

「コック」

「それ、何？」

「監督だよ。映画監督。サスペンスとかの。超偉大」

「もしかして、巨匠？」

「そんじょそこらの巨匠じゃない。巨匠のなかの巨匠」

「うーん。聞いたことあるようなないような」

美衣はスカートのポケットからスマホを取りだして、さっそく検索する。

校内でのスマホ使用は原則禁止だが、まあ、守られない。原則とつけてしまうところに、守らせる側の意思の弱さを感じる。

「あ、出た」

美衣が、スクロールさせた画面を目で追う。

その横顔を眺める。髪が中学のときより長くなったことに、今ごろ気づく。バスケをやめたからだろうか。役づくりか何かだろうか。

「何だ。太った外国のおじさんじゃない」

「太った外国のおじさんだけど。すごい監督なんだよ。『鳥』とか『サイコ』とか、聞いたことない?」

「それも、あるようなないような。いや、ないかな。えーと、なになに、アルフレッド・ヒッチコック。サスペンス映画の神様とも称される。の?」

「そう」

「ふぅん」

美衣がぼくを見る。いきなりなので、目がばっちり合う。ついそらしてしまう。

「じゃあ、ちょうどいいじゃん。映画、好きなんでしょ?」

「だから?」

「なら演劇も好きなはず。映画も演劇も同じでしょ」

「いやいや、ちがうでしょ」

「本質は同じだよ」

「同じ、なの?」

「わたしも知らない。でも同じでしょ。人間が、演じる。そこは同じ。三日でやめたくなることはないと思うよ。まず走らないし。ちょっとは走って体力づくりをしなきゃいけないけど、それでも海までは行かない。だから続くって」

「そういう問題でもないでしょ」

「今は文化祭のための稽古《けいこ》があるけど、逆に、部の活動はそれしかないの。年の半分はオフ。だから、わたしたち一年でもいろいろ提案できる。やりたいことが好きにできる。チャンスだよ」

それなのソフトテニス部みたいな大所帯にくらべれば動きやすいのかもしれない。でもそれをチャンスと言っていいものか。

断る理由を探し、真っ先に思いついたものを口にする。

「でも顧問がなぁ」

「ん？」

「ＪＪでしょ？」

「そう」

ＪＪ。英語科の教師ではあるが、授業のために招かれた外国人ではない。城《じょう》純吾《じゅんご》。確か三十三歳の、日本人だ。Ｃ組ではコミュニケーション英語Ⅰの授業を担当してる。英語の発音は、そう滑《なめ》らかでもない。

「担任が顧問ていうのはちょっと」

「何でよ。好都合じゃない。成績とか、おまけしてくれるかもよ」

「逆でしょ。ひいきしたと思われないよう、ムダにキビしくしそうだよ。というか、そんなのはいいけど。何か、いやだよ」

「いいじゃん。ねぇ、やろうよぉ」美衣は両手を唇の前で合わせて言う。「お願い！」

同じ中学に通ってただけの者へのそれ。いきなり教室に押しかけてきてのそれ。とってつけたようなセリフ。よく見ると顔いいし。そして。お願い！

ちょっとズルくないか？　女子。


夏が近づくと、大会に向けて、各運動部の練習はよりキビしいものになる。高校でも中学でもそれは変わらない。

一年生だから選手として大会に出ることはないだろうが、れなも毎日疲れきって帰ってくる。まだ素振りしかさせてもらえないのだとしたら、それだけで疲れきるほどの素振りとはどんなものだろうと思わないこともない。でもさすがにそうは訊けない。ただでさえ疲れきって機嫌が悪いのにそんなことを訊いたら、もう大変。火に油を注ぐようなものだ。

が、油は注がれてしまった。ぼくが注いだのではない。注いだのは母だ。直接何かをするのでなく、何もしないことで、母はそれをした。予告なしに帰りが遅くなるのを、三日続けたのだ。

これまでは飛び飛びだったから、どうにかなってた。でもこのところのれなは、土日も練習、昼すぎから夕方遅くまでずっと練習。疲れもピークだ。そこへきての、三日連続。油は見事なまでに火を燃え上がらせた。燃え盛らせた。

午後七時。ウィンウォーン、とインタホンのチャイムが鳴り、ぼくが玄関のドアを開けた。母か友さんであることを願ったが、予想どおり、れなだった。

疲れ以外に暑さのせいもあるのか、れなはムスッとしてた。ただいまも言わないので、ついこちらから言ってしまう。

「お前、自分でドア開けて入ってこいよ。カギは持ってんだから」

「お前じゃない」れなは続ける。「カギ忘れたんだもん」

うそつけ、と言いたくなるが、そこまでは言わない。れなはいつもこうだ。カギを持ってても、インタホンのチャイムを鳴らす。出迎えてもらいたがる。

母のくつが三和土《たたき》にないことに気づいたらしい。れなはわかってるのに訊いてくる。

「お母さんは？」

「まだ」

「まだ?」声が大きくなる。甲高《かんだか》くもなる。「ご飯は?」

「ないよ」

「何とるの?」

「とらないよ。お金が引出しに入ってない」

「は? じゃ、どうすんの?」

「待つしかないだろ。お母さんか友さんを」

「何なのよ。もう!」

母だけじゃない。こんな日に限って急な予定でも入ったのか、友さんも帰ってこない。一応、勤務時間は決まってるが、たまにこういうことがあるのだ。友さん自身の言葉を借りれば。人は葬儀社の都合で亡くなってはくれないから。

手洗いとうがいをすませ、れなはドスドス歩いて自室に行った。ドアのバタンも忘れない。さらに今日は、スピーカーで音楽をかけた。大音量なので、日本のバンド、KAZ《カズ》・MARS《マーズ》だとわかる。ぼくが音楽配信ストアで買った曲だ。

そして八時。友さんより先に母が帰ってきた。いつものように自分で玄関のドアを開け、居間に入ってくる。待ちかまえてたかのように部屋を出たれなも、続いて入ってくる。

ぼくはソファに座ってテレビを見てる。母に言う。

「おかえり」

「ごめんごめん。晩ご飯代、置いてかなかったね。もっと早く帰るつもりだったの。友くんもまだ？」

「うん」

「ご飯は？」

「食べてるわけないじゃん」とれなが答える。声にイラつきが出る。

「あぁ、そうよね」と母はあっさり流す。

それもまたれなは気に入らない。油は確実に注がれてる。考えてみれば、初めに注いだのはぼくかもしれない。あの、自分でドア開けて入ってこいよ、というやつで。

「ねぇ」とれなが強い口調で言う。「いつも何してるわけ？　どこ行ってるわけ？」

母は答えない。ただ、ちょっと驚いてる。中一の娘にそう言われたことに。

「母親が晩ご飯もつくらないで出歩いてるって、変じゃん。それが三日も続くなんて、すごく変じゃん」

母はやはり何も言わない。黙ってれなを見てる。

「こっちは部の練習でお腹空いてんの。ペコペコなの」

ペコペコという言葉が、緊迫した空気にそぐわない。このあたりがまだ中一だ。青いな、と高一のぼくは思う。

母が体ごとれなに向き直って言う。

「お腹が空いてるなら、冷凍のピラフだってグラタンだってあるでしょ？　あることを、れなは知ってるでしょ？　それをレンジで温めればすむ話じゃない。れなは中一にもなって、そんなこともできない？」

マズい。ぼくは高一だ。なのに、できてない。やろうともしてない。青い。

「ならそう言えばいいじゃん」

「自分たちで温めて食べてくださいって？」

母とれなが見つめ合う。じゃなくて、にらみ合う。

母は仁王立ち《におうだ》ちに腕組みだ。水着姿になってたころとは貫禄《かんろく》がちがう。もう四十一歳。太ってはいないが、それとはまた別のとこで、どっしりしてる。

「おかしいよ。パート先を探し歩いてるにしたって、おかしいよ」

「パート先を探し歩いてるなんて、わたし、言った？」

「言わないけど。友さんが」

母は自分のことをわたしと言う。前は、お母さん、だった。友さんと再婚してそうなった。自分のことをお父さんと言わない友さんに合わせたのだと思う。

「友くんが、言ったの？」

「言った。ね？　お兄ちゃん」

振ってくんなよ、とあせりつつ、返事をする。

「うん。まあ」

「じゃあ、友くんはそうだと思ったんでしょう」

「そうじゃないの？」とれな。

「そうじゃない」と母。

そうじゃないのか、と思う。よく考えればわかる。パート先を探すのに、何も夜出歩くことはない。

母が短くふっと息を吐く。組んでた腕を解いて、言う。

「想哉《そうや》、テレビ消して」

「あ、うん」

あわててリモコンを手にし、消す。

「れなも、音楽を止めてきなさい。音、大きすぎ」

れなは粘る。ぼくとちがって、すぐにはしたがわない。

「何でわたしには命令？」

「ん？」

「お兄ちゃんには消してで、わたしには止めてきなさいって」

「じゃあ、止めてきてください。これでいい？」

いいかどうかの返事はせずに、れなは自分の部屋に行く。KAZ・MARSを止めて、戻ってくる。

何だろう。何が始まるのか。ぼくはソファに座ったままでいる。立ち上がってわざわざ二人のそばへ行くのも変だ。動けない。

「で、何?」とれな。

「想哉も聞いてね」と母。

「うん」

「しばらくは、こんなことが続くと思うから」

「だから何でよ」

「わたしね、ある人を看《み》とることにしたの」

「ミトル?」と、言葉の意味がわからなそうに、れな。

「もう先は長くないから、亡くなるまでの面倒を見るってこと。亡くなってからのあれこれもするってこと」

「おじいちゃんもおばあちゃんも元気じゃん」

れなが言うのは、館山《たてやま》に住む父方の克之《かつゆき》おじいちゃんと督子《とくこ》おばあちゃんだ。元父と友さんの両親。他人が孫二人の父親になるよりはいいとの理由で母と友さんの再婚に賛成した、祖父母。

「もしかして」とれなは続ける。「どこか悪いの？」

「そうじゃない。おじいちゃんでもおばあちゃんでもない、ある人」

「誰？」

「わたしが昔お世話になった人。一言でいえば、恩人」

「だから誰？」

「タニグチヒサクニさん。わたしのマネージャーだった人」

「マネージャー？」ぼくとれなの声がそろう。

母の経歴を考えれば、部のマネージャーとかではないだろう。

「普通の谷口に久しいに邦画の邦で、谷口久邦さん。その谷口さんが、早川れみのマネージャーだったの」

母は基本的にタレント時代の話をしない。隠しもしないが、自分からはしない。そう聞くと不自然に感じられるかもしれないが、不自然でも何でもない。若いころの自分の話をベラベラする母親なんていないだろう。

ぼくとれながそれについて聞いたのも、主に元父からだ。元父は早川れみのファンだった。熱狂的なファンではない。テレビに出てれば見る。グラビアが載った雑誌と載ってない雑誌があれば、載ってるほうを買う。その程度のファン。

「その人、何歳なの？」とれなが尋ね、

「五十二歳」と母が答える。

「なのに、死んじゃうの？」

「そう」

死んじゃう。れなは言葉を選ばない。

「すい臓ってところにがんが見つかってね、お医者さんには余命半年って言われたの。それが先月」

「家族は？」

「いない。だからわたしが看るの」

「看てって言われたの？」

「そうじゃない。自分から言ったの、看ますって」

「何で？」

「恩人だから。看る人がいないのに、そのままにはしておけないから」

「でもお母さん、結婚してるじゃん」

「谷口さんはたまたま男の人だった。それだけ。わたしが仕事をやめてからは、会ったことも電話したこともない。昔の知り合いと話をしたときに、偶然知ったの。谷口さんががんだって。一人だから大変らしいって。それでお見舞に行った。本当に大変そうだった」

「だからって。関係ないじゃん」

「関係はない。でもほうってはおけない。ほうってはおかない」

「友さんは、知ってるの？」

「知らないわね」

「何それ」

「言おうとは思ってるわよ。想哉とれなに言うのが先になっただけ」

友さんは知ってるのかと思ってた。知ってるからこそ、友さん自身がパート先云々《うんぬん》の話をこしらえたのだろうと。

「関係ない人の世話をするなんて、やっぱりおかしいよ」とれなが言う。

口調はキツいが、正論だ。

「おかしくてもいい。あのね、人が亡くなるっていうのは、本当に大変なことなの。葬儀もしなきゃいけない。届も出さなきゃいけない。持ちものの始末も、住んでた家の始末もしなきゃいけない。生きてるうちにやらなきゃいけないこともたくさんある。でも本人が動けないなら、誰かがやるしかない」

「そんなの、自分のせいじゃん」

「そう。最期まで看てくれる家族を持たなかった自分のせい。がんになって五十二歳で亡くなる可能性を考えなかった自分のせい。でも、だからほうっておいていいとはならない」

「それって、浮気みたいなものなんじゃないの?」

安井れな。十三歳、中一。すごいことを言う。

「れながそんなふうにしかとらえられないならちょっと悲しいけど、でもしかたない。とにかくね、しばらくはいろいろ自分たちでやってもらうから。ご飯のことだけじゃなく、ほかの家事も」

「無理だよ。わたし、部活があるんだから」

「夏休みに入ったら、毎日はないでしょ?」

「お兄ちゃんがやってよね。部活やってないんだから」

「やってるよ」

「は? 何、うそついてんの?」

「ついてないよ」

ついてる。ただ、百パーセントのうそではない。

「何部よ」

「演劇部」

「何なのよ、そのうそ」

「だからうそじゃないって」

「入ったの?」

「入った」

言ってしまった。入ってないのに。うそ、完成。

「想哉」と母。「演劇を、やるの？」

「まあ、何となくそんなことに」

「何となくそんなことになるわけないじゃん」とれな。

「いや、なるんだよ、そんなことに」そして母に言う。「でも別にお母さんをまねたとかじゃないよ」

「何よ、それ。いいわよ、まねたって。もちろん、まねなくたっていいし。想哉の好きにしなさいよ」

「じゃあ、まあ、うん」

「とにかく」とれなが話を戻す。「そんなのないよ。友さんがかわいそう。わたし、絶対に認めないから」

「認めてくれなくて結構。れなが認めても認めなくても、谷口さんが亡くなることは変わらない。だからわたしはやることをやる。それとは関係なく、もう中学生のれなにも家事はやってもらう。想哉にもやってもらう。わたしがまたパートを始めたと思ってくれればそれでいいから」

カチャリという音が聞こえ、玄関のドアが開いた気配がする。友さんが帰ってきたらしい。タイミングが悪い。最悪と言ってもいい。

母もれなも動かない。ぼくも動かない。

「おかえり」とれなが声をかける。

「ただいま」と友さんが入ってくる。

「おかえり」と母が言い、

「おかえり」とぼくも言う。

「いやぁ、参ったよ。急に一件入っちゃって」

一件。葬儀のことだ。人が亡くなったということだ。友さんが勤める葬儀社、四葉クローバーライフにしてみれば、いい話ということでもある。

「あれ？　メシ、まだ？」

「まだ」とれなが答える。「たぶん、まだまだ」

その口調と三人の位置と全体の空気から、何となく不穏なものを感じたのだろう。友さんはあえて明るく言う。

「えーと、これは、何？　会議中？」

母がぴしりと言う。

「茶化さないで」

「ごめん」

母は友さんより三歳下だが、力関係では上だ。ウチは女子が強い。そして強い女子二人の仲は、あまりよくない。いや、かなり悪い。

母が元父と離婚したことで、まず悪くなった。当時れなは小四。両親の離婚に対して怒り、泣いた。もし離婚が一年遅かったら、れなは自分の意思で父につくことを選んだかもしれない。時々、そんなふうに思う。

その後、日を追うごとに、れなと母の仲は悪くなっていった。似た者同士。強気な者同士。そのうえで、同性。だからかえってぶつかるのだ。

二人は顔も似てる。知らない人でも、見れば親子だとわかる。こないだ美衣にも言われたみたいに、ぼくもたまに母似だと言われる。自分ではあまり似てると思わない。現にれなとは似てない。母とれなは似てて母とぼくも少し似てるが、れなとぼくは似てない。性格も含めて、ぼくはむしろ元父に似てると思う。それでいて、元父と似てる友さんとは似てない。血は不思議だ。

「まあ、何でもいいから、メシにしようよ」と友さんが言う。「みんな、腹減ってるでしょ？　またピザでもとろう。れなちゃん、こないだのあれ、うまかったよね？　あの、プリプリのエビが載ったやつ」

「何でもよくない」と母が言う。「友くんには悪いけど、もうちょっと会議を続けなきゃいけない」

「あぁ、そう。じゃ、おれ、着替えてくるわ」

「待って。会議のこれからの主役は友くんなの」

「おれ？」

「そう。すぐすむから聞いて」

「うん。何だろう。もしかして、AC／DCの来日が決まったとか？」

「だから茶化さない」

「はい。ごめん」

母は、ぼくとれなに伝えたばかりの谷口久邦さんのことを、友さんにも伝えた。今ここでそうしたことで、母が本当に友さんに伝えてなかったことがわかった。

最後に母はこう言った。

「四人そろったときに話したかったの」

ぼくとれなにはしなかった質問を、友さんにはする。

「反対？」

「うーん」と考えてから、友さんは言う。「反対しても、やるよね？　苗ちゃんなら」

「やると思う。思うじゃないわね。やる」

「反対しなよ、友さん」とれいな。「そんなの絶対ダメじゃん。いいわけないじゃん」

友さんは何も言わない。

「お兄ちゃんも何か言ってよ」

　ぼくも何も言わない。言えない。

「まあ、あれだ」と友さんが口を開く。「今おれが言えるのはこれだけだよ。腹減った。どうする？　ほんとにピザとる？」

「つくるわよ」と母が応《こた》える。「しばらくはきちんとつくれないかもしれないから、今日はわたしがつくる。すぐやるわよ。買っておいたステーキ肉を焼く」

　ステーキ。いい。いいことはいいけど。

　どうせなら、めでたいときに食べたい。


　演劇部は、三月まで休部状態だった。去年の九月の文化祭で劇を上演したのが直近の活動だという。

　今は春と秋の地区発表会にすら参加しない。梅本美衣が言ってたように、年の半分がオフだ。連絡事項があるときや気が向いたときにだけ集まる。気が向いたときに集まるって、それ、部活か？

　でも、まあ、四月からは何度も集まってるらしい。九月の文化祭に向けた稽古を、早くも重ねてるのだ。要するに、美衣が入部したから。早め早めに動きましょうと、さかんに焚《た》きつけてるという。

　そしてついに、ぼくも演劇部の部室に連れてこられた。C組の教室への計三度の来訪、というか急襲を受け、とりあえず一度顔を出すことになったのだ。

　狭い部室に六人が集まった。そう。ぼくを含めて五人、ではない。六人。何と、JJまで来た。演劇部顧問にして一年C組担任の、城純吾教諭だ。三十三歳、小太りの。

　四畳半程度の倉庫のような部室。

　と言うと、汗や異臭に満ちた散らかり放題の部室を想像してしまうかもしれないが、そんなことはない。ものが何もないから、散らかりようがないのだ。あるのは、もう教室ではつかわれなくなった旧型の机が二つとイスが四つ。あとはパイプイスが二つ。それだけ。時間単位で借りる公民館の集会室みたいだ。

　部員の四人が旧型のイスに座り、JJとぼくがパイプイスに座った。二つの机を囲むような形でだ。並びは、JJ、ぼく、梅本美衣、宮内聡樹《みやうちさとき》、鶴見千佳《つるみちか》、古賀愛蔵。

　二年生の愛蔵先輩が部長。同じく二年生の千佳先輩が副部長。美衣と宮内くんが一年生。

　ひととおりの事務的な紹介がすむと、JJがのんきに言う。

「そうかぁ。安井が入ってくれるとは。意外だなぁ」

「いや、あの、まだ入ると決めたわけでは」

「入る意思がなかったら来ないっしょ」と愛蔵先輩が巧みにプレッシャーをかける。

愛蔵先輩は、校内で何度か見たことがある人だ。うそみたいな天然パーマなので、一度見たら忘れようがない。チリチリじゃなく、ウネウネのほうの天パー。

美衣によれば、入学当初は先生たちからも天然じゃなく人工パーマをかけてるのではないかと疑われたらしい。うそかほんとか知らないが、保護者面談でも何でもないのに母親が学校に来て、ウチの子はパーマなんかかけてませんよ、と説明したという。

「入ってくれるとたすかるんだけどなぁ」と、今度は千佳先輩がストレートにプレッシャーをかけてくる。

千佳先輩は、愛蔵先輩とは対照的に、おとなしそうな人だ。

これまた美衣によれば、手先が器用で、絵もうまいらしい。裏方志望だが、何せ部員がいないので役者もやるという。ぼくのと似た銀縁メガネをかけてる。それを何度も左手の指で押し上げる。サイズが合わないわけじゃない。どうもクセみたいだ。

愛蔵先輩と千佳先輩は、去年も文化祭の劇に出た。そのときは三年生が三人いたので、五人。愛蔵先輩は出ずっぱりのわき役だったが、千佳先輩は舞台に二度出るだけのわき役兼照明兼音響だった。何とも大胆な兼務だ。

一番大事な演出は誰がやったかと言うと、顧問がやった。JJではない。前任者で、今年の四月に西《にし》高へと異動した先生だ。台本もその先生が書いた。つまり、作、演出。今は西高に移れて喜んでるらしい。西高の演劇部は二十人近く部員がいて、大会に出たりもしてるようなので。

だから、そう、これはぼくも最近まで知らなかったが、ＪＪは今年度から演劇部の顧問になったのだ。

みっ高自体には、三年前からいる。でも演劇部を見るようになったのは今年度から。前年度までは文芸部の顧問だったという。四月に異動してきた国語科の畑律子《はたりつこ》先生が文芸部を見ることを希望したため、ＪＪが演劇部へと横滑りしたのだそうだ。どちらでも同じだからいいですよ、と言って。

畑先生は、ぼくのクラスの国語総合の授業を担当してる。きりっとしてて、確かに文芸部の顧問が似合いそうな人だ。ちょっと硬そうな感じもある。

「ほら、宮内くんも安井くんを勧誘してよ」

美衣にそう促《うなが》され、最後の一人である宮内くんが口を開く。

「楽しいから、入ったほうがいいですよ」

ぼくと同じ一年生なのに、何故か敬語。もう少しいえば、あまり楽しそうでもない。この演劇部が楽しいのか、演劇自体が楽しいのか。それもよくわからない。

まずこの宮内くん自身、ＪＪ以上に演劇部っぽくない。ぼくも人のことは言えないが、地味だ。モロではないものの七三ぽい髪。開襟《かいきん》ではない半袖ワイシャツ。しかもボタンは全留め。派手な要素がない。性格俳優、もしくは怪優？

「それだけ？」と美衣が言い、
宮内くんが満足げにうなずく。

「セリフ以外で聡樹がしゃべんの、久しぶりに見たよ」と愛蔵先輩。

「ほんと。貴重」と千佳先輩。

「あ、そうだ」美衣がＪＪに言う。「先生、あれ、読みました？」

「あぁ。『演劇入門』？」

「はい」

「読んだ。おもしろかったよ。わかりやすかったし。いいことが書かれてたね。なるほど、と思った」

「なった三ヵ月後に初めて『演劇入門』を読む顧問てのも、どうなんすかね」と愛蔵先輩が言い、ぼく以外のみんなが笑う。

「まあ、そう言うなよ。これからきちんと勉強するから」

「勉強してるうちにおれと千佳っちは引退ですけどね」

「わたしたち一年のためにもしてくださいよ、勉強」と美衣。「出ましょうよ、大会」

「えーと、そうだな、出よう」

「えーととか言っちゃってるし」と愛蔵先輩が言い、またしてもみんなが笑う。

今度はぼくもちょっと笑う。

去年の文化祭は体育館のステージでやったが、今年は視聴覚室でやるそうだ。三年生なしの四人だからしかたがない。顧問が未経験者ときては、なおさらしかたがない。一時は、今回は上演なし、も検討したらしい。

「けど、まあ、既成の台本でやることにしたんだよ」と愛蔵先輩が説明する。「美衣がどうしてもやりたいっていうから」

登場人物が四人の台本をどうにか探してきた。どこぞの高校の演劇部顧問が書いたものだという。三十分の劇で、タイトルは『船出《ふなで》』。校舎の屋上から港を眺める四人の高校生たちの話。

「ほら、ウチも、屋上からちょっとだけ海が見えるだろ？　だから、客に感覚は共有してもらえるだろうと思って。船が出ていく船出と四人の卒業をダブらせてるんだよ。あまりにもまっすぐで、かなりクサいんだけど。人数と男女比がぴったりで、舞台装置は簡単で、上演許可がとれそうで。そうやって絞《しぼ》ってくと、選択の余地がなくて」

「千佳先輩がネットで見つけてきてくれたの」と美衣が補足する。「で、許可は先生がとってくれた」

「ところでさ」とJJが言う。「安井は、何で演劇をやろうと思ったんだ？」

いや、だから、やろうとは思ってないですよ。とぼくが言う前に美衣が言う。

「安井くん、太ったおじさんが好きなんですよ」

「え？」

　ＪＪだけじゃない。千佳先輩、そして宮内くんまでもがギョッとする。

「太ったおじさんが好きって」と愛蔵先輩。「もしかして、ヘンタイ？」

「そうじゃなくて」と美衣が言う。「えーと、ヒッチコック。映画監督、だよね？」

「うん」とぼく。

「へぇ、そうなのか」とＪＪ。「高校生でヒッチコック。渋いとこいくね」

「先生、知ってます？」と美衣。

「そりゃ知ってるよ。『鳥』と『サイコ』くらいは観たことがある」

　ならばと勇んで訊いてみる。

「『北北西』はどうですか？」

「ん？」

「『北北西に進路を取れ』」

「それは、観たことないかなぁ」

「『裏窓』は」

「それも、ないなぁ。聞いたことも、ないような」

　ＪＪは三十三歳。まあ、そんなものだろう。四十四歳の友さんや四十七歳の元父でも、知ってるのは『北北西に進路を取れ』と『裏窓』までだった。ただ知ってるだけ。観たことはない。ＪＪも言うように、高校生でヒッチコックにハマってるほうがおかしいのだ。いや、おかしくはない。渋いのだ。

「じゃあ、安井は、そっちのほうをやりたいのか？　映画を撮るとか」

「いえ、そういうわけでは。ただ観てるだけです」

そう。ただ観るだけ。撮るなんて、考えたこともない。自分がヒッチコックになれるとは、とても思えない。

「映画も演劇も同じだろ」と、ＪＪが美衣と同じことを言う。

「いや、そこはちがうような」

「細かなことはちがうだろうけど。まず人が人の役をやる。それを人に見せる。そこは同じだよ。だから、軽い気持ちで経験してみればいいんじゃないか？　ウチには映研みたいなものもないんだし」

「お、さすが教師。いかにもな説得がうまい」と愛蔵先輩。「ただし、軽い気持ちってのはいただけない」

「そうだな。軽い気持ちはみんなに失礼だ。取り消し。気軽に経験してみればいいよ」

「ちっとも変わってね～」

そんなことを言われても、ＪＪは怒らない。言ったのが愛蔵先輩だからだろう。この人は、いい意味で軽そうだ。いるだけで場が明るくなる。華《はな》があると言ってもいい。さすが元子役。

　ということで、訊いてみる。

「あの、愛蔵先輩って、子役だったんですよね？」

「そう。元子役。多くのスターとの共演歴あり。並木優子に抱きしめられた経験もあり」

　並木優子といえば、早川れみ出演の映画『夜、街の隙間』で、須田登とともに主演を務めた女優だ。今もテレビドラマによく出てる。

「ただ、一つも覚えてない」

「え？」

「子役をやってた記憶がほとんどない」

「そうなんですか？」

「そう。やってたの、小一までだから、全然覚えてねえのよ。演技した記憶もないし。けど、テレビのドラマに出てるから、映像は残ってるじゃん。それを見てがっくり。もう、ひどいひどい。大根も大根。子役とはいえ、監督もよくこんなのつかったなと思うよ。わーいわーい、とか言ってっかんね、おれ。そうかと思えば、ぼくはそんなことまったく思ってないよママ、とか。ほんと、見せたくないけど見せてえよ」

「自分がやったのを、覚えてないんですか？」

「覚えてない」

「でも、今はまた演劇を？」

「うん。ほら、母ちゃんに映像を見せられちゃったからさ、これじゃ終われないだろっていうんで、部に入った。言ってみれば、トラウマを消すためみたいなもんかな」

何か、聞いてたのとちがう。元子役で部長だというから、筋金入りの経験者だと思ってた。この感じだと、子役というよりは赤ちゃんモデルに近い。美衣が話を盛ったのかもしれない。ぼくを演劇部に入れるために。

かすかな落胆と、それを上まわる安堵《あんど》を覚えながら、ついでにこんなことも尋ねてみる。

「文化祭の劇、演出は先生がやるんですか？」

「いやいや」とＪＪが首を横に振る。『演劇入門』を読んだばかりで、まだそんなことはできないよ」

「じゃあ？」

「みんなでやるって感じだな」と愛蔵先輩が言う。「部員全員で。ここはこうしよう、あそこはああしようって。で、それを見たＪＪに、じゃなくて先生に意見をもらうと」

映画なら、とてもそんなことはできないだろう。監督なしの映画。ヒッチコックなしのヒッチコック映画。そんなものはあり得ない。演劇でだって、普通はないだろう。

そして午後五時。稽古で一時間だけ視聴覚室がつかえるとのことで、別棟から新棟へ移動した。

ほかの教室よりは防音設備が整ってるので、そこはやけにしんとしてる。圧迫感があると言ってもいい。でも教卓をどかせば狭い舞台にはなる。最低限の照明もある。

愛蔵先輩が指示を出し、みんなで教卓をどかす。それはぼくも手伝った。

「じゃあ、安井くんは適当に座って見てて」と美衣。

「何ならダメ出しもしちゃって」と愛蔵先輩。

「そうそう」と千佳先輩。

宮内くんは無言。ただ笑うだけ。

離れて座るのも何なので、ＪＪの隣の席に座る。少し距離をとるということで、前から三列めだ。

部員の四人は、それぞれに発声練習やストレッチをした。発声練習には、早口言葉のようなものも混ざる。視聴覚室だからか、声がよく響いた。これなら普通の教室でも響くだろう。部室ではくぐもってた宮内くんの声までもが高らかに響く。そんな声を出せるんじゃん、と思う。

五分ほどで、ウォーミングアップは終わった。

「そんじゃ、やりますか」と愛蔵先輩が言う。「いいすか？　先生」

「どうぞどうぞ」とJJ。

「いいすか？　安井っち」

「どうぞどうぞ」

「じゃあ、アタマから。とりあえず、千佳っちがはけるとこまでは通そう。セリフをまちがえても止めない。無理して続ける。気づいたことは、全部あとで。じゃ、スタートね」

始まりは女子二人。美衣と千佳先輩。ともにこちらを見てる。校舎の屋上から港を見てる、ということらしい。

しばしの間があって。

「あぁ。船も行っちゃうね」と千佳先輩。

「行っちゃうけど。戻ってくんでしょ、漁船なんだから」と美衣。

一往復の会話。それを聞いただけで、何か不思議な気分になる。ここは視聴覚室だ。船は行っちゃってない。まず船なんてない。当然だが、ぼくには見えてないし、千佳先輩と美衣の二人にも見えてない。なのにそう言ってしまえる感覚はすごいな、と思う。それが演技なんだな、とあらためて気づく。

二人が少し会話をしたあと、愛蔵先輩と宮内くんが連れだって登場した。女女、男男。二組が、離れた場所でそれぞれ話をする。この町に残るとか、東京の大学に行くとか、そんなような話だ。

そしてじきに、愛蔵先輩と美衣が別れたカップルだということがわかってくる。それを知ってた千佳先輩が、気を利かせてその場から去る。

宮内くんはといえば、去らない。港を見ながら、愛蔵先輩にこんなことを言う。

「潮の香りって、昔は臭いと思ってたけどなぁ。今だって臭いはずなのに、もうあんまり感じない。何だろう、慣れちゃったのかな。そもそも、潮自体は臭くないのかなぁ。陸にあがった魚が臭いだけなのかな」

宮内くんは、さっきまでの宮内くんとちがう。まず言葉づかいがちがう。宮内くんぽくなくなってる。

愛蔵先輩が、業《ごう》を煮やして言う。

「お前さ、気づけよ」

「だから気づいてるよ。海は臭い。きれいに見えても、臭いものは臭い」

「そっちじゃねえよ」

「え？」

「じゃ、ここまでにしよう」と愛蔵先輩がストップをかける。

空気が切り換わる。四人が役の人物から本人に戻る。と、そんな感じがする。

「ここまでで半分ですけど。どうすか？　先生」

「うまいね。様になってたよ。きちんと演技をしてる感じがした」

「それは、どうなんすか？　ほめられてるんすかね。きちんと演技をしてるっていうのは、いかにもな演技をしちゃってるともとれますけど」

「あ、いや、そうじゃなく。自然な感じがしたよ。みんながみんな自身に見えたし」

「じゃあ、ダメじゃないですか」と美衣。「だって、他人を演じてるんだから」

「それもそうじゃなく。うまく言えないけど、えーと、つまり、不自然ではなかったってこと」

「うーん」そして愛蔵先輩は言う。「じゃ、安井っちは？」

「え？　いや、ぼくは何も」

「何もって。何かは思ったっしょ」

「何でもいいよ」と美衣。

「この程度なら自分にもやれそうだと思った、でもいいし」と千佳先輩。

「それ、ベスト。じゃ、安井くん、その感想でいい？」

「いやいや。何ていうか、ちょっとすごいなと思った」

「大げさだよ。すごくも何ともない」

「演技をすること自体を新鮮に感じたというか」

「じゃ、やる気になったってことだ」と愛蔵先輩。

「いえ、そういうことではなくて」

「何だ。やんないの？」

「そういうことでもなくて」

「よくわかんね～。何それ」

演劇部に入ったと、家族に言ってしまったのだ。入らないとなると、今度は、やめたと言わなきゃいけなくなる。入ったけどすぐにやめたことに、しなきゃいけなくなる。

しかたない。

「えーと、とりあえず、入りますよ」

「お、マジで？」

「とりあえずっていうのが気になる」と美衣。

「一年間仮入部とかっていうのは、なしだよね？」と訊いてみる。

「長《なげ》ぇよ」と愛蔵先輩が言い、

「なし」と美衣も言う。

「やった！　五人」と千佳先輩。

その横で満足げにうなずくのが宮内くんだ。

「いや、よかった」と、これはＪＪ。

「先生、担任なんだから、安井くんの成績、おまけしてくださいよ」と美衣。

「考えとく」

「プラスにはしなくていいから、変にストイックになって、マイナスにはしないでください」

「わかった。ストイックにはならないよ」

「ストイックってタイプじゃないっすもんね」と愛蔵先輩。「なで肩だし」

吹いた。ツボにきた。なで肩でストイックな人がいてもおかしくはないが、何かしっくりきた。

「それにしても、みんな、すごいよ」とJJが言う。「一ヵ月前に見たときより、格段にうまくなってる。ちょっと感動した」

「つーか、顧問が一ヵ月見てないことがヤバい」

「確かにそうだ。申し訳ない。おれも本腰を入れるよ」

「入れてなかったんすか？　本腰」

「正直に言うと、入れた感じではなかった」

「うわ、言っちゃったよ」

「でもこれからは入れる。今、入った」

「簡単すね」

「安井くんが入って、先生の腰も入った。今日がスタート！」と美衣が言い、

「愛蔵とわたし、もう二年生だけどね」と千佳先輩が笑う。

宮内くんも笑う。

あぁ、とぼくは思う。入っちゃったよ、ほんとに。

ぼくが部活をやってるのは、うそじゃなくなった。でも、これで一安心、とはいかなかった。オウンゴールの失点はせずにすんだ。それだけの話だ。

看とり宣言をしてからというもの、母は毎日のように出かけていく。午前中に家を出ることもあれば、午後になって出ることもある。帰りが七時を過ぎる日もあれば、そうでない日もある。谷口さんの病院には、毎日行ってるらしい。らしい、としか言えない。あまり訊けないから。

れなと母は、数度の派手な衝突を経て、ほとんど口をきかなくなった。

母はともかく、れなはもう笑っちゃうくらい露骨に母を無視した。初めは母も怒ってたが、ものの二日でほうっておくようになった。まあ、好きにしなさいよ、という感じ。その余裕がまたれなをイラつかせる。悪循環だ。ウチはいつもこう。よくも悪くも、母はぼくらを子ども扱いしない。

家事はみんなで手分けしてやった。母がいるときは母がやる。友さんが休みの日は友さんがやる。母がいない土日の掃除はぼくがやり、洗濯はれながやる。葬儀社勤めの友さんの休みは土日に限らないから、ぼくとれなもやらざるを得ない。

男性陣に衣類を洗われたくないれなは、家事のなかから泣く泣く洗濯を選んだ。それもいやだったようだが、自分のを洗われるよりはぼくと友さんのを洗うほうがましと判断したのだ。直接触るのは洗ってからだもんね。と、自分に言い聞かせるように言ってた。気分が悪い。友さんはいいとして。ぼくはれなと同世代なのに。

そんなふうに、れなはますます難しくなってくる。

姉や妹がいると女子の扱いがうまくなる、なんてよく言うが、そんなことはない。ぼくの場合は、妹がいるからこそ、女子が苦手になった。

女子は本当に手強《てごわ》い。母も含めて。


自室で本を読んでる。本。新書。ＪＪから借りた『演劇入門』だ。貸してくださいと言ったわけでもないのに貸してくれた。

手ごろな厚さとはいえ、こういうのを読むのはちょっとツラいな、と思った。が、借りて一週間になるので、さすがにそろそろと覚悟を決めて手にとった。

これが意外にもおもしろかった。ＪＪも言ってたように、いいことが、わかりやすく書かれてた。かゆい背中に手が届く感じだ。今は二度め。返す前にもう一度読んでるとこ。

コンコンと部屋のドアがノックされる。次いで、声が聞こえる。

「想くん、入っていい？」

「うん」

ドアが開き、友さんが入ってくる。今日もAC／DCのTシャツだ。黒地に赤文字でバンドのロゴが入っただけの、シンプルなやつ。

急いでるときの母はノックをせずに入ってくることもあるが、友さんは必ずノックをする。入るよ、と言うんじゃなく、入っていい？　と訊く。入ってきたら、ベッドの縁に座る。

「お、勉強？」

「いや、読書」

「マンガじゃなさそうだね。小説か何か？」

「これ」と、イスを回転させて、表紙を見せる。

「『演劇入門』。あぁ、なるほど」友さんは毛深くないむき出しのふくらはぎをポリポリ掻《か》きながら言う。「やっぱ蛙《かえる》の子は蛙だね。苗ちゃんと同じで、そっちに目が向くんだな」

「そういうわけでもないよ。人が足りないから入ってくれって言われただけ」

「でもそれで演劇部に入らないでしょ」

「まあ、そうだけど」

「聴いてるねぇ。これは、『征服者』だな」

「うん。このアルバム、わりと好き」

パソコンの貧弱なスピーカーから流れてる強烈なAC／DCだ。

「いいよね、この『ナーヴァス・シェイクダウン』とか。おれがリアルタイムで聴いた最初のアルバムがこれだよ」

「そのころ、友さん、いくつ？」

「えーと、十三か。今のれなちゃんと同じ。すぐに『バック・イン・ブラック』までさかのぼって聴いたよ。ほかにもいろんなのを聴いたけど、結局、AC／DCに戻った。中高生のころに聴いた音楽が、やっぱ今も好きなんだ。人の感覚なんて、大人になってもそう変わらないんだね」

「てことは、ぼくもずっとヒッチコックが好きなのかな」

「だと思うよ。一度は離れても、また戻るんじゃないかな。AC／DCも好きになってもらって、ずっと好きなままでいてほしいね。おれとしては」

「これって、へヴィメタルではないの？」

「メタルではないな。大まかに分類されるとそうなっちゃうけど。ハードロックだよ。ブルースを基にした縦ノリのロックンロール、だね。きちんとした根っこがある。だから生き残ってる」

「根っこ」

「そう。ただ、その根っこは変わらないなかで、ＡＣ／ＤＣもデカい変化に見舞われてはいるんだよね。ほら、『バック・イン・ブラック』からヴォーカルが替わったでしょ？　ボン・スコットが死んで、ブライアン・ジョンソンが入った。ヴォーカルが替わるって、すごいことじゃん。ヘタしたら、もうそれで別のバンドだと思われてもおかしくない。ほんと、珍しい例だよね。ヴォーカルが替わったのに、どっちの時代も高く評価されてるってのは。おれはブライアン・ジョンソンの声にやられたクチだから、若いころはそっち一辺倒だったけど、歳をとって聴いてみると、ボン・スコットもムチャクチャいいんだよ。いわゆる大人のロックとかそういうことではなくてね。高校生だと、やっぱブライアン・ジョンソンに惹《ひ》かれちゃうかもしれないけど」

「うーん。ぼくはそっちのほうがいいかな。特徴がはっきりしてるから」

「しすぎてるもんね、ブライアン・ジョンソンは。この感じでライヴとかずっといけんの？　って思うじゃん。ずっといくんだよね、最後まで」

友さんは、そんなふうにぼくと話す。止まらない。特に話題がＡＣ／ＤＣのときは。

元父は、ジャズが好きだ。でも友さんがＡＣ／ＤＣを聴くような感じで聴くわけじゃない。ぼくとジャズの話をしたこともない。

「しみったれたバラードをやんないとこがいいよね、ＡＣ／ＤＣは。あと、遅めのテンポでグイグイいくとこも。最初のアルバムが出て、じき四十年。マンネリと言われたこともあったけど、この音でやり通した。相当すごいことだよ、それ。だって、四十年前の人にも今の人にも受け入れられてるってことだからさ。想くんが好きなヒッチコックみたいなもんでしょ。そっちは、一九七〇年代どころじゃない。もっと前か」

「モノクロのイギリス時代だと、一九二〇年代かな。スタイルが定まったのは、三〇年代みたいだけど」

「それもすごいね。そこからは、死ぬまでほぼ第一線でしょ？」

「うん。最後の『ファミリー・プロット』が一九七六年かな」

「じゃあ、AC／DCとほぼ入れ替わりだ」

その言葉につい笑う。ヒッチコックとAC／DCが話のなかでそんなふうに並べられることは、あまりないだろう。

「想くんの周りに、ヒッチコックが好きな子はいる？」

「いない。名前も知らない人が多いよ。映画まで知ってても『サイコ』だけとか。あれはモノクロだから、すごく古い映画だと思われたりするんだよね。実はモノクロしかない時代のモノクロじゃなくて、すでにカラーになってからのモノクロなんだけど」

「あ、そうなの？」

「うん。血をカラーにしちゃうと衝撃が大きすぎるからモノクロにしたらしいよ」

「へぇ」

「あれもヒッチコックではあるけど、あれこそがヒッチコックだと思われるのは、ちょっとよくないような気もするんだよね」

「なるほど。ブライアン・ジョンソン時代だけをAC／DCと思うんじゃねえ。みたいなことだ」

「そう」と言って、同じ質問を返す。「友さんの周りには、AC／DCのファンて、いた？」

「いや。残念ながら、いなかった。前に勤めてた服の会社でも、おれのAC／DCはちょっと異質だったよ。アパレルだけあって、みんな、小じゃれた音楽を聴いてたから。ほんとにその音楽が好きなのか、それを聴いてる自分が好きなのか、よくわかんなかったね。だからって、葬儀社勤めで、『地獄のハイウェイ』とか『悪魔の招待状』とか言ってちゃマズいんだけど」

どちらもアルバムのタイトルだ。AC／DCのアルバムや曲の邦題には、そんなのが多い。人に言いづらいものもある。思わず笑っちゃうものもある。

友さんは昔アパレルメーカーに勤めてた。ぼくでも名前を知ってる大きな会社だ。七年前にやめたらしい。

そのときぼくは九歳。友さんの仕事までは知らなかった。ぼくにしてみれば、友さんは初めから葬儀社に勤めてたようなものだ。今は葬祭ディレクター一級という資格を持ってる。それがないと仕事ができないわけではないが、あればちがうのだそうだ。

去年、友さんが新しい父親になって初めて、何故葬儀社を選んだのか訊いてみた。死なない人はいないからね、会社がつぶれることはないと思ったんだよ。友さんはそう答えた。妙に納得させられる理由だった。

友さんは、去年母と結婚した。いきなり十五歳と十二歳の子持ちになった。友さんから見れば、甥《おい》と姪《めい》が息子と娘に変わった。

去年。ぼく、中三。受験期。だから母も友さんも、結婚を一年遅らせようか迷ったらしい。らしいじゃなくて、母はぼくに直接訊いた。待ったほうがいい？　と。別にいいよ、とぼくは答えた。本当に、別によかった。だって、相手は叔父さん。知らない人じゃない。むしろ待たせるほうがおかしいような気がした。

そうは言っても、その少し前、母が友さんと再婚すると聞いたときは驚いた。そういうのはありなの？　と思った。思ったじゃなくて、母に直接訊いた。ありなのよ、と母は答えた。法律的には何の問題もないの。法律的にじゃなく、一般常識的にはありなの？　そうは訊けなかった。やましいことも何もないからね。母自身がはっきりそう言った。元父と結婚してたときから友さんと何かがあったりはしなかった、ということだ。

離婚で悪化してた母とれなの仲が、より悪化するのではないか。そんな不安もあった。

が、れなはあっけなく友さんを受け入れた。叔父さん時代から仲はよかったから、人としての相性がいいことはわかってた。でも父親となれば話は別。そう思ってた。誰がって、ぼくが。

結果を見れば、ベストだった。新たな父親になるのが友さん以外の人ではダメだったろう。れなが好きな俳優の鷲見翔平《わしみしょうへい》でも、KAZ・MARSのヴォーカルの数馬《かずま》でもダメだったろう。くだけた楽しい叔父さん、安井友好。ベスト。

蜜葉市役所に婚姻届を出し、母と正式に夫婦となった日。友さんはぼくとれなに言った。

別にさ、おれを父親だと思わなくていいよ。二人の父親は兄貴。その事実はどうあがいても変えられないから。ただ、これを悪い意味にもとらないでほしい。もちろん、父親は父親なんだ。もし想くんとれなちゃんがコンビニで万引とかしたら、おれが迎えに行くし。

ちょっと、何言ってんのよ、と母が口を挟んだ。二人とも、万引なんかしないでよ。

ほんとにしないでね、と友さんがかぶせた。今の、しろって意味じゃないからね。

するわけないじゃん、とれなが笑った。

そこでれなが笑ったことを、ぼくは意外に思った。

その日からは、もう一年が過ぎた。母と友さん夫婦が密かに何か祝いごとをしたのかは知らない。安井家としては、しなかった。まだどこかに元父の存在があるからだろう。

「お母さん」と友さんに言う。「何ていうか、思いきったね」

「あぁ。思いきったねぇ。驚いたよ」

「驚いただけ？　反対とか、しなかったの？」

「前にも言ったけど。反対してもやるでしょ、苗ちゃんは」

「でも反対しても、よかったんじゃない？」

「ちょっとはしたよ。苗ちゃんが気づくかどうかわからない程度に。ただ、おれもそんなに強いことを言える立場ではないから」

「言える立場、なんじゃない？」

「いや、ほら、表面上は、兄貴から苗ちゃんを奪った形になってるし」

「奪っては、ないでしょ」

「ないけど。まあ、自分のやりたいようには、したわけだから。なのに苗ちゃんのしたいようにさせないっていうのは、ちょっとね」

「でもそれとこれとは」

「ちがうけどね。ちがうけど、切り離せはしないのかな」

初めて友さんとその話をする。これまでは、何となく避けてたのだ。自分から触れることじゃないだろうと思って。でも、そうも言ってられなくなった。避けるのは変だと思うようにもなってきたのだ。避けなきゃいけない話題が家のなかにあるのはツラい。干してある洗濯ものの下着なんかも見たくないのと同じ。母親のそういうことは知りたくない。知らずにいられるなら知りたくない。が、知らずにいられる状況ではなくなったような気もする。ならば。せめてもうちょっと知りたい。友さんの気持ちに負担をかけてまで他人の世話をする母の気持ちを。その他人に対する、母自身の気持ちを。

「想くんもさ、もう高校に入って三ヵ月じゃん」

「うん」

「カノジョとかできた？　例えばその演劇部で」

「まさか。できないよ。まず女子が二人しかいないし」

「そういうのは数の問題じゃないよ」

「一人は先輩だし」

「歳の問題でもないよ」

「そうかなぁ。友さんは、高校のころ、いたの？　カノジョ」

「いたよ。えーと、サチ。稲に葉っぱに佐渡島《さどがしま》の佐に知識の知で、稲葉《いなば》佐知。なつかしいなぁ。今どうしてんのかな。って、おれがそう言ったのは苗ちゃんにナイショね」

「言わないよ。でも友さんは、高校で部活やってなかったんでしょ？」

「うん。自分でギターを弾いてただけ。アンガスのコピー。ヘタだとわかったんで、三年でやめちゃったけど」

「じゃあ、その人はクラスメイト？」

「いや、クラスはちがったな。選択科目が同じでさ。その時間だけは教室が同じで、席も隣だったわけ。で、おれが一目ぼれ。そのときしかしゃべれないから、もう必死だったよ」

「そこで何を話すの？」

「まずは定番。やっぱ音楽だよね。どんな音楽を聴くの？　ってやつ。返ってきた答が、オリビア・ニュートン・ジョンでさ。知ってる？　オリビア・ニュートン・ジョン」

「うーん。名前を聞いたことは、あるかな」

「ちょっとアイドルっぽい女性シンガー。そのころはかなり売れてたよ。で、佐知も洋楽を聴くことがわかったのはよかったんだけど。参ったよね。AC／DCとオリビア。ちっとも趣味が合わないわけ。だからさ、どっちもオーストラリア出身じゃん、気が合うね、とかわけわかんないこと言って、誘ったよ。で、付き合った。で、大学に進むときに別れた」

「どうして？」

「どうしてって。お互い環境が変わると、そうなるよね。想くんたちだって、そうでしょ？　例えば中学のときに付き合ってた男女が、別々の高校に行っても、まだ付き合ってる?」

「付き合って、ないか」

元父とこんな話はしなかった。元父が高校生だったときのことなんて、何も知らない。こんな話ができるのは、やはり友さんが元叔父さんだからだ。いや、普通は叔父さんともこんな話はしない。叔父さんどうこうじゃなく、友さんだからこそ、かもしれない。

ただ、友さんという新たな父親を迎えてからも、ぼくとれなは元父と会ってる。ごく普通に会い、たまにはご飯も食べる。おかしくない。友さんが叔父さんから父になったように、元父は父から伯父《おじ》さんになった。それだけだ。

だかられなも、すんなり友さんを受け入れたのかもしれない。れなは友さんともうまくやってるが、元父ともうまくやってる。

花粉症持ちのれなは、春先のシーズンになると、同じく花粉症持ちの元父と車でよその町の耳鼻科医院に行く。そこは耳鼻科にしては珍しく予約システムがあり、ほとんど待たずに診てもらえるのだ。

予約を土曜日の同時刻に入れて、二人は一緒に耳鼻科医院に行く。そしてどこかで昼ご飯を食べて、帰ってくる。今年もそうした。母も友さんも反対はしない。むしろたすかると言ってる。

変といえば変だが。変じゃないといえば変じゃない。

採点された期末テストが続々と返ってきて、学年順位が出た。三百二十一人中、百六十番。ほぼ真ん中だ。

中間テストは百六十二番だったから、二つ上がった。要するに、変化なし。でもこの二番は大きい。そう思うことにした。ど真ん中を百六十一番と考えれば、ぼくは下半分から上半分へと入った。国語総合の畑先生に教わった言葉をつかうなら、鶏口《けいこう》から牛後《ぎゅうご》になったのだ。いや、でもあれは。牛の後ろにいるくらいなら鶏の前にいろ、みたいな意味だったか。

「安井くん、どうだった?」と、前の席の望月くんに訊かれる。

「百六十番」と正直に答える。

よくはないが悪くもない順位。答えやすい。

答えたからには、ぼくも尋ねる。

「望月くんは?」

「十六番」

「え、マジで? すごいじゃん」

「すごくはないよ。上に十五人もいる」

「だって、おれの十分の一だよ。全体なら、二十分の一だ」

望月くんがそこまで優秀だとは知らなかった。中間テストのときは、まだそんな話はしなかったのだ。

今も、まあ、親しいとは言えない。休みの日にわざわざ会って遊んだりはしないし、帰りにハンバーガー屋に寄ったりもしない。

そんなものだと思う。話すだけまし。三ヵ月経ってもまだ話したことがないクラスメイトはたくさんいる。七割方、話したことはない。女子に限れば、十割に近い。

「安井くん、演劇部はどう?」と、望月くんにさらに訊かれる。

「どうって。まだロクに活動してないんだよね」

「文化祭で、何かやるんでしょ?」

「えーと、視聴覚室でやるみたい。おれはあとで入ったから、裏方の手伝いくらいしかできない。その手伝いもあんまり要《い》らないような芝居なんで、ほとんど見てるだけ」

ちょっとカッコをつけて、劇や演劇じゃなく、芝居と言ってみた。役者とも言うつもりでいたが、その言葉をつかう機会がなかった。

先に言われる。

「役者としては出ないんだ?」

「うん。もう台本があったし、配役も決まってたから」

「演劇も、おもしろそうだよね。カフカの小説もよく題材になってるみたいだし」

「あぁ。そうなの」

カフカ。文芸部の望月くんがよく口にする名前だ。初めて聞いたときにサラッと流したせいで、わからないまま、ここまできてしまった。

「『城』なんかも向いてると思うよ。場面はそんなに動かさなくてよさそうだし。セリフだけでも充分構成していけるんじゃないかな」

城。これもよく出る。ＪＪの名字と同じ、城。ジョウじゃなくて、シロ。訓読み。望月くんは、カフカという作家の、『城』という作品が好きなのだ。

ぼくが知らないと言わなかったからか、常識として誰もが知ってることだからか、望月くんは、その『城』について当たり前に話す。クラスの女子が好きなタレントについて話すみたいに話す。

「演劇なら、いろいろと実験できるよね」

「まあね」とごまかす。

「例えば、バルナバスの視点で物語を進めてみるなんていうのもありじゃないかな」

出た。今日も出るのか、バルバナス。誰？

望月くんとは、もうテストの順位を明かし合った仲だ。今日は思いきって訊いてしまう。

「バルバナスって、主人公じゃないの？」

「じゃないよ。というか、バルナバスね。バルバナスじゃなく」

「あぁ。ナバス。バルナバス」

「主人公は、測量士のケイだよ」

「ケイ。日本人なの？」

「じゃなくて。アルファベットのK。はっきりした名前は明かされないんだ。『審判』でも、主人公はヨーゼフ・Kなんだよね。このKもアルファベット」

　この審判も、たまに出てくる。野球の審判ではないみたいだ。

「それにしてもさ」と望月くんは続ける。「見えてるのにたどり着けないって、真理だと思わない？」

「ん？」

「いや、城。Kはいつまで経ってもたどり着けないんだよ。いろんな障壁があって。畑先生も言ってたよ。見えてはいても全容がつかめないものはたくさんあります、見えてるものがすべてではありませんて。ほんと、そうだよね。さすが畑先生。なるほどな、と思ったよ」

　審判よりも城よりもたくさん出てくるのが、この畑先生だ。望月くんは、文芸部の顧問である畑先生を尊敬してる。心酔してると言ってもいい。いや、心酔してるどころか、ほんとに好きなんじゃないかとぼくは疑ってる。つまり、先生としてじゃなく、女の人として好きなんじゃないかと。

「畑先生がウチに来てくれなかったらさ、顧問はJJのままだったんだよね。演劇部の安井くんには悪いけど、正直、そうならなくてよかったよ。JJはちょっと頼りない。こないだそれとなく訊いたら、カフカも読んでないんだよ。文学部出身なら、たとえ英文科でも、カフカぐらい読んどいてほしいよね。畑先生は国文科なのに読んでるわけだし」

たとえ英文科でも、ということは、カフカって、アメリカ人やイギリス人じゃないのか。

「あ、そういえばさ、こないだ安井くんが言ってたヒッチコックの映画を観たよ。衛星放送でやってたから」

「何観た？」

「えーと、『裏窓』」

「おぉ。どうだった？」

「まあ、おもしろかったよ。映像は古かったけど、場所をアパートの部屋に限定したっていう意味では、実験的だったね」

「うん。もっと実験的な『ロープ』っていうのもあるよ。一つの場面をそのまま一本の映画にしたんだけど。実験色が強すぎたのか、そっちはやや失敗と言われてるんだよね。でも『裏窓』は成功してると思うよ」

「あの女優、きれいだったね」と、望月くんはちょっと意外なことを言う。

「グレース・ケリーね。モナコの大公《たいこう》と結婚して、公妃《こうひ》になるんだよ。でも車の事故で死んじゃう。確か五十そこそこで。すごい人生だよね」

「そうなんだ？」

「うん。もうちょっと女優としてやってほしかったよ。華やかさってことでいえば、ダントツだから。映像とかは技術の限度があるからしかたないけど、グレース・ケリーはちっとも古くないじゃん。今いたって、人気出そうだよね」

そこでチャイムが鳴り、昼休みは終わった。望月くんが前に向き直る。

何ならほかのヒッチコック映画のブルーレイを貸そうか？　と言おうかと思ったが、とどまった。ぼくらはまだそこまで親しくない。せいぜいカフカやヒッチコックの話をする程度。

でも、いい。学校でヒッチコックの話ができるんだから。

初めてヒッチコックの映画を観たのは、去年の暮。中三の受験期。深夜に鍋焼きうどんを食べながら、だった。

冬休み、ぼくは完全に夜型の生活をしてた。そのほうが勉強に集中できることがわかったからだ。

夜型生活は、冬休みから三学期の受験まで続いた。学校から帰るとすぐに寝て、夜の十一時に起きた。そして朝まで勉強し、学校に行った。それをくり返した。その時間だと気がそがれず、勉強するのが苦でもなかった。

ただ、その日は気がそがれた。望月くんも言ってた衛星放送で、『北北西に進路を取れ』を観てしまったのだ。

初めから観ようと思ってたわけではない。開始時刻に合わせてうどんの鍋をコンロの火にかけたわけでもない。何となく観はじめた。小声でいただきますを言ったときは、すでに五分ほどが過ぎてた。

そこからはもう、やめられなかった。トイレにも行かず、空になった鍋を流しに運びもせず、観つづけた。初めはやはり、昔の映画だな、カラーだけど映像が古いな、と思った。それが途中からは、すごいぞ、おもしろいぞ、になった。

スパイにまちがわれ、悪者にも警察にも追われる男。見せ場に次ぐ見せ場。あちこちにこわさがちりばめられ、さわさわと身を揺すられた。主人公を軽やかに演じるケーリー・グラントが、そのこわさのなかにも穏やかな笑いをもたらした。

結局、映画を最後まで観た。観てよかった、と思った。出会えてよかった、と。

ヒッチコックの名は、それではっきりと胸に刻まれた。ネットで調べたら、多数の傑作を残した名監督であることがわかった。ほかの名監督たちからも尊敬される、名名名名監督であることもわかった。代表作と呼ばれるものだけで、十以上はあった。それらが今も頻繁《ひんぱん》に放送され、時には特集が組まれてもいた。

実際、その何日かあとに『裏窓』も放送された。それは、時間を合わせて観た。逆算してうどんの鍋をコンロの火にかけ、二分前に着席し、放送開始と同時にいただきますを言った。

うなった。うどんにじゃない。『裏窓』にだ。おもしろ過ぎた。『北北西に進路を取れ』に『裏窓』。二本続いちゃマズい。二本観て二本ともおもしろかったら、ほかのもおもしろいはずだ、となる。実際、なった。

ヤバいな、と思った。一時的に気をそらすためにも、母に言った。ねぇ、みっ高に受かったら、進学祝にヒッチコックのブルーレイボックスセットを買ってよ。

ネットの通販で買っても二万円くらいする。母は渋ったが、友さんが、いいよ、と言ってくれた。ボックスセットは、ムダだと思いつつ、惹かれちゃうんだよね。おれもAC／DCのを持ってるよ。

というわけで、受験もがんばれた。ヒッチコックと友さんのおかげだ。

ボックスセットは、全十六枚入り。合格発表の当日に注文し、翌日に届けられた。

それからはもう、観まくった。観たおした。

すべてが最高傑作、とまでは言わない。でも傑作である比率はすさまじく高かった。そうは言えないものでも、駄作の域にまでは落ちなかった。どの作品にも、必ずヒッチコックならではのきらめきのようなものがあった。

三月からこれまでのあいだに、十六作をどれも三回は観た。気に入ったものは、五、六回観た。いい映画は何度でも観られるのだとわかった。お話がすべてではないのだ。話の筋がわかってるからもういい、にならない。その映像を、その場面を、観たくなる。

イギリス時代のモノクロ作品にはまだ観てないものも多数あるが。

今のところ、ぼくのベスト3は、『北北西に進路を取れ』と『裏窓』と『ハリーの災難』。ベスト5なら、これに『知りすぎていた男』とモノクロの『バルカン超特急』が加わる。

『鳥』も『サイコ』も『めまい』も入らない。それで何となくわかると思う。ぼくの場合、日常感のある巻きこまれものが好きなのだ。その手のものに取り組んだときのヒッチコックは、本当に冴《さ》えを見せる。たぶん、出そうとしなくても、ほかの監督とのちがいを出せる。

ベスト3のなかで無理に一位を決めるとしたら。

自分でも意外。『ハリーの災難』になる。

ヒッチコックのなかでは異色作。これを一位に挙げる人は少ないだろう。ただ、十位まで挙げるなら、多くの人の七、八位には入るかもしれない。大作ではない。小品。でも無視できない。

アメリカはニューイングランドのヴァーモント。秋の美しい田園風景のなかで、住人たちそれぞれの都合により、ハリーの死体が埋められては掘り出される。のどかだが、ブラックだ。登場人物の誰もが、そこにある死体をこわがらずに受け入れる。善悪の区別が不明確。惹かれる。

二位は僅差《きんさ》で『裏窓』だ。

ニューヨークのグリニッチ・ヴィレッジ。足を骨折して動けないカメラマンが、ヒマつぶしによそのアパートを覗《のぞ》き見する。そこで殺人があったことを確信する。基本的に音楽はなし。音は映画内の現実音のみ。でも気にならない。言われなければ気づかないかもしれない。この状況設定であきさせないのはすごい。観ててゾクゾクする。

結果、三位が『北北西に進路を取れ』。巻きこまれものの代表作だ。

『裏窓』が静のゾクゾクであるのに対して、こちらは動のゾクゾク。主人公が逃げる。逃げながら真犯人を追う。場所もどんどん動いていく。大作にしてこの軽さ。それが唯一の欠点とされることもあるようだが、ぼくはそうは思わない。その軽さがあるからこそ、何度も観られるのだ。

こないだ、この『北北西に進路を取れ』に続いてぼくがすすめた『知りすぎていた男』も観た友さんが言った。あの女優、苗ちゃんに似てない？

♪ケ・セラ～・セラ～♪　と高らかにうたうドリス・デイのことだ。息子を誘拐され、父親のジェームズ・スチュワートとともにあちこち駆けまわる母親。ちょっとおばさんぽいが、きれい。

今の母は、そのころのドリス・デイよりもずっと歳上だから、ぽいのではなく完全におばさんだが、そう言われれば、似てなくもない。顔がというよりは、快活な感じが。

あのドリス・デイなら、母のように行動するだろうか。夫がありながらほかの誰かを看とるだろうか。

同情はしそうだが、看とりはしなそうな気がする。ドリス・デイに限らない。みんな、そうだろう。身内以外の誰かを看とったりはしない。

このところ、こんなふうに、何でも母に結びつけて考えることが多い。

自分でも認めざるを得ない。別に知りたいわけじゃない。暴きたいわけじゃない。でも、やっぱり気にはなるのだ。母が、友さんでなく、元父ですらない男性のために動いてるんだから。ここでも有名な映画のタイトルを借りれば、『第三の男』のために動いてるんだから。

まあ、母とドリス・デイのことは置いといて。

ついでに言ってしまうと。

ヒッチコックの映画に出てくる女優のなかで、ぼくが一番好きなのは、『ハリーの災難』のシャーリー・マクレーンだ。

あれがデビュー作らしいが、そんな感じはない。堂々としてて、とても初出演とは思えない。調べたら、映画が公開された年で二十一歳だった。その歳で、母親役をやらされたわけだ。でも母親なのにとてもかわいい。グレース・ケリーみたいにきれいな女優を好んでつかうヒッチコックにしては珍しい。『ハリーの災難』は、その意味でも異色作だ。

で、さらに言ってしまうと。

あのときのシャーリー・マクレーンは、梅本美衣に似てる。

甘く見てたわけではない。簡単だと思ってたわけではない。ただ、できないことはないだろうと思ってた。

できなかった。頭のなかが真っ白になった。何も考えられなかった。言葉が出ないというのは初めての経験だ。普段の生活でも、言葉に詰まることはある。そんなときは、あぁ、とか、えーと、とか言って、どうにか間をもたせるのが普通。これまではずっとそうしてきた。それさえも、できなかった。

安井想哉としてしゃべってはいけないという意識がそうさせたのだと思う。あぁ、も、えーと、も言えないと、人間はただアウアウしてしまうのだとわかった。ぼくは一人アウアウした。ブザマに。

夏休みを控え、学校はもう午前で終わり。その午後。まだ学校にいる。一時すぎ。視聴覚室。今日は三時までの二時間をつかえるという。まだ三十分も経ってないのに、ぼくは一人アウアウしてるわけだ。

エチュードというのをやってる。

言葉は聞いたことがあった。ただし、音楽用語だと思ってた。練習曲とか、確かそんなような意味だ。演劇にもあるのだという。場所や状況、あとは人物の性格などのみが設定されてる。動きやセリフは、役者自身がその場で決める。まさに練習のための劇。

いきなりそれをやれと言われた。えぇっ、できませんよ、と抵抗したが、できるよ、と言われ、やらされた。

九月の文化祭で上演する『船出』。その三年後という設定。

初めて開かれた高校の同窓会で久々に会った五人が、終電を逃し、街をウロウロする。タクシーで帰ろうか、カラオケ屋で始発まで時間をつぶそうか。さあ、どうしよう。というところ。それだけを決めて、はい、スタート！

この手のことは、よくやるのだそうだ。そうやって、役者が役をより深く理解する。役に肉づけしていく。

『船出』にぼくは出てこない。だから、あとから足した同級生の役を振られた。名前はレン。大学の学部やサークルは、必要なら自分で決めていいという。

エチュードが始まると、すぐに愛蔵先輩が吐いた。何をって、ゲロをだ。もちろん、演技で。

「うわっ、マジで?」と宮内くんが飛びのいた。

「ちょっと。やめてよ」と美衣が露骨にいやな顔をする。

千佳先輩が、なおゲーゲーやる愛蔵先輩のわきに屈《かが》み、無言で背中をさする。

ぼくはといえば、スタートの声がかかったときとまったく同じ位置で、棒立ち。

参った。まず、何といっても、恥ずかしい。演技をしようとすること、それを人に見られることが恥ずかしい。ぼくはレンじゃない。そんな意識が拭《ぬぐ》えない。お酒を飲んだことがないから、どうふるまえばいいかもわからない。無理にやれば、コントのベタな酔っぱらいになってしまいそうだ。

動けない。しゃべれない。大学生の自分を想像できない。いや、そのくらいはできるけど、それを動きや言葉で表せない。結果、棒立ち。

「何、棒立ちになってんのよ」と美衣に言われる。

安井想哉として梅本美衣に言われたのだと思ってしまう。

「え?」

記念すべき初ゼリフ。それが、え?

「え? じゃないわよ。何、あんたも酔っぱらってんの?」

ちがった。レンとして言われたらしい。美衣にじゃなく、美衣が演じる誰かに。えーと、何だっけ。ヤバい。もう役名を忘れてる。

「酔っぱらってないよ」と返事をする。でも酔ってることにしたほうがラクかと思い、続ける。「いや、ちょっと酔ってんのかな」

セリフというよりは、素の言葉だ。

「どっちよ」

「酔って、る」

「これじゃ帰れないよ」と宮内くんがぼやく。

「ここに置いてけばいいんじゃない?」と美衣。

「そんなぁ。ダメだよ」と千佳先輩。

「高校んときからそうじゃん。いつも迷惑かけんのよ、こいつ。吐くまで飲むなっつーのよ。ビールならいくらでもいけるとか言って。どこがよ」

「元カレにそこまで言わなくても」

「元カレだから言えんの。そんなにこいつが心配なら、自分が付き合えばいいじゃん」

と、これらのセリフは、どれも美衣や千佳先輩がこの場で考えてる。すごい。本気で言ってるように聞こえる。考えながらやってるはずなのに、そうは見えない。本当にすごい。

演出は誰にでもできるものではない。台本は誰にでも書けるものではない。が、演技なら誰にでもできる。そう思ってた。

できないとわかった。人が演じられるのは、自身の役だけなのだ。安井想哉の役だから、演じられる。安井想哉としてのエチュードだから、こなせる。

愛蔵先輩は、路上に見立てた視聴覚室の床を苦しそうに転がった。ゴロゴロと右へ。ゴロゴロゴロと左へ。左は一回多い。それが何を意味するか。

目ざとく気づいた宮内くんが言う。

「うわっ。ゲロまみれ」

千佳先輩も立ち上がり、さすがに距離をとる。

「自爆。バカじゃないの？」と美衣。

「もう絶対タクシーに乗れないじゃん」と宮内くん。

「始発電車も無理かも」と千佳先輩。

三人がぼくのほうへ寄ってくる。マズい。何か言われる。アウアウしてしまう。

「レン」と美衣が言う。「あんた、家が近いんでしょ？　中学も同じなんでしょ？　どうにかしてよね」

　また新たな設定が加わる。ぼくは愛蔵先輩と家が近い。中学も同じ。どうにかはしたい。レンじゃなく、想哉としても。でもどうにもできない。あぁ、と言えばいいのか。え～と、と言えばいいのか。それとも、うん、か。それで芝居は成り立つのか？

　もう破れかぶれ。一《いち》か八《ばち》かだ。

「オエッ！」と言って、ひざまずく。ストンとその場にくずれ落ちる。

　そして、吐く。吐くふりをする。演技と言えるほどのものじゃない。ただのふり。

　美衣と千佳先輩と宮内くんが、やはり飛びのく。

「ウエ～だのアエ～だのと、不明瞭《ふめいりょう》な声を出す。あぁ、気持ちわり、と思う。思いこむ。

　ぼくは一年に一度カゼをひく。ひき始めに、吐く。その吐きをイメージした。何度も経験してることだから、やれた。セリフを言えないから吐いてごまかすというのもどうなんだ、と思うがしかたない。セリフを言うよりはうまくやれたはずだ。吐いてしまえば、その後のセリフもなしでいい。だって、気持ち悪いんだから。

「もしかして」と美衣が言い、

「もらいゲロ？」と宮内くんが受ける。

「オエッ！」と言う声が、離れたとこから聞こえてくる。

愛蔵先輩がまた吐いたのだ。もらいゲロのもらいゲロ。ダブル。

「ほんっと、カンベンしてよ！」と美衣が吐き捨てるように言う。「もう、次、同窓会があっても来ないから」

「次はいいけど。今回、やりたいって言ったのはユカリじゃない」と不満げに千佳先輩が言う。

視聴覚室の床を間近に見つめ、吐いたあともノドにせり上がってくる酸《す》っぱい胃液をイメージしながら、ぼくは思う。そう。ユカリだ。美衣の役名。

「はい。じゃ、この辺で」

そう言って、愛蔵先輩が立ち上がる。ゲロを吐きまくってた大学生から、一瞬にして演劇部長の高校生に戻る。

「どうでした？　先生」

「よかったよ」とＪＪ。「そうとしか言いようがない。まさか二人がああなるとは思わなかった」

「すごいよ、安井くん。やるじゃん」と美衣がほめる。「レンじゃなくて安井くんが吐くのかと思った」

「わたしも」と千佳先輩。「だから、逃げたのは自然な反応」

「変な芝居ですよね。吐いた二人は、結局、ほとんどしゃべんないの。安井くんのセリフをもっと聞きたかったのに」

「しゃべれないよ」と正直に言う。「言葉が全然出てこない」

「で、ゲロが出てきたか」と愛蔵先輩。「まさに飛び道具」

「でも、どう？　楽しいでしょ？」

美衣にそう訊かれ、こう答える。

「うーん。微妙。吐いちゃってるし」

「初めての演技でゲロを吐いたやつ、初めて見たよ」と愛蔵先輩が笑う。「だから吐き返してやった」

「だからの意味がわかんない」と美衣も笑う。

千佳先輩もＪＪも笑う。いつの間にか控えめな宮内くんに戻った宮内くんも笑う。

ようやくぼくも笑う。緊張が解けて、少しだけ笑える。

演技。ムチャクチャ難しい。

痛いほどわかった。吐きたくなるほどわかった。認めるしかない。やはり甘く見てた。簡単だと思ってた。実際に床にひざまずいてみて感じた。気持ち悪くないのに気持ち悪いふりをしてみて、痛感した。

それからも、エチュードを二本やった。題材は、みんなで考えた。

一本は。文化祭の出しものを決めるホームルームでどうにか意見を出させようとするクラス委員と、めんどくさがって、考え中です、を連発する生徒たちの攻防。

これは愛蔵先輩の案だ。ヤマダくん、何かないですか？　考え中です。さっき考え中だったヤマダくん、どうですか？　まだ考え中です。みたいなやつ。

実際によくあることなので、あまり悩まずにすんだ。役と自分が近いためか、ガチガチにはなりながら、セリフも言えた。お化け屋敷がいいと思います、と。冴えない。

もう一本は。ぼくが出した案が採用された。

とにかく何でもいい、役は人間じゃなくてもいい。というので、犬にした。安井っち、何かないか？　と愛蔵先輩に言われ、考え中です、とは言わずに意見を出した。飼主が毎日散歩をしてくれる犬たちとそうでない犬たちの会話、だ。思いつきで言ったら、じゃ、それでいこう、と言われた。本当に何でもいいらしい。

エチュードを進めていくうちに、犬たちは夜ごと飼主に気づかれないよう首輪を外して裏山に集まってる、ということになった。そこであれこれ会話をするのだ。劇というよりはもうコントだった。おかげで、演技をしてるとの意識もなく、ラクにやれた。

「あ、人来ちった。ワンワン！」と愛蔵先輩がやったときは、ついみんなが笑った。

でもこれじゃグダグダだと思ったので、犬の一人、いや、一匹として、言ってみた。

「飼主がさ、ぼくを蹴るんだよね。ほかの家族にはわからないように、腹を蹴るんだよ」

それで話は少しシリアスになった。一つのセリフで全体の流れがガラリと変わるのはおもしろい、と思った。

飼主の一人が日常的に犬を蹴る。でもほかの家族はそれを知らない。ありそうな気がする。母の件を持ちだすまでもない。家族のことなんて、案外何も知らないものなのだ。だからこそ、知ったときにとまどう。動揺する。

最後に美衣が言った。

「一度そいつを噛《か》んでみたらどう?」

うん、のつもりで言った。

「ワン」

みんなが笑い、そこで時間がきた。

安井っち、やれんじゃん、と愛蔵先輩に言われた。喜んでいいようなよくないような、だった。

初めてのエチュードを終えて、家に帰った。

あらためて、ヒッチコックの映画を観た。『ハリーの災難』にした。

演出よりも演技に目がいった。全然とは言わないが、それまでとはちがって見えた。

俳優はみんなうまいんだな、今この人に見えてるこの俳優は実際にはこの人じゃないんだな、と思った。母もこれをやってたのか。ここにいる人たちと同じ、プロとして。
次いで、こうも思った。
やっぱ似てるよ、シャーリー・マクレーンと美衣は。

バラバラな夏休み

夏休みの初日。ぼくは野球場にいる。プロの球団もつかう本格的な野球場。スタジアム。

何故かといえば、みっ高の野球部が初めて県大会の四回戦に進出したからだ。みっ高は野球の強豪校でも何でもない。むしろ弱小校。これまでは一回戦や二回戦で負けるのが当たり前だった。それが二回戦を勝ち、わりと強いとこと当たった三回戦も勝った。そして今日が四回戦。勝てば十六強らしい。

というわけで。応援に行ける人は行きましょう、となった。ここも勝てば、次からの応援は半強制になるという話もある。

まあ、いくら何でも優勝することはない。ベスト8も無理だろう。だったら一度くらい行っておこうかということで、行くことになった。演劇部としてだ。

高校のチームスポーツでは、たまにこういうことがある。ずば抜けたエース一人の力で、予想外に勝ち上がってしまうのだ。今年のみっ高には、そのエースがいる。酒井《さかい》礼市《れいいち》さんという三年生のピッチャーだ。ピッチャーであり、四番バッターでもある。

一度学校に集まり、それからみんなでこのスタジアムに来た。

昼ご飯は、みつば駅前の大型スーパーにあるハンバーガー屋で食べた。夏休みだから特別ということで、ＪＪがおごってくれた。百円のじゃなくていいっすか？　愛蔵先輩がそう尋ねると、ＪＪはこう答えた。いいけど、ハンバーガーを二個も三個も食べるなら、二個めからは百円のにしてくれるとたすかる。

それぞれにバーガーとポテトとドリンクのセット、愛蔵先輩だけが百円の二個めを頼んだ。そして四人掛けのテーブル席二つに分かれて座り、それらを食べた。食べながら、九月の文化祭に向けてのスケジュールを確認した。準備を始めたのは四月。すでに仕上がったようなものなので、スケジュールはタイトでもない。

で、今は、野球を観ながら、例によって母のことを考えてる。

いや、考えてはいない。漠然と思い浮かべるだけ。何せ谷口さんのことを知らないのだから、考えようがないのだ。最近はこうなることが多い。家でも、学校でも。屋内でも、屋外でも。

夏休みに入ったというのに、ぼくは曇ってる。

梅雨《つゆ》は明けたというのに、空も曇ってる。

高校野球県大会の四回戦。お客さんはそんなに多くない。外野席は開放されてない。それでも、前回以上の難敵だという相手側のスタンドは、こちらにくらべれば入りがいい。応援に駆けつけたブラスバンドの演奏も整ってる。バスドラムやスネアドラムによるビートが利いてる。きちんと音楽になってる。

さすがは強豪校。相手打線は初回から酒井先輩をとらえ、三点をとった。酒井先輩はヒットを三本打たれ、フォアボールも二つ出した。味方の守備陣もエラーをした。

みっ高は、相手の左ピッチャーを打てなかった。三振か内野ゴロ。外野にフライさえ飛ばない。力の差がかなりあるように見えた。

「素人《しろうと》が見ても感じるんだから、やってる本人たちはもっと感じるだろうね」

そう言ったのはぼくじゃない。左隣に座る宮内くんだ。

「だろうね」と同意する。

宮内くんは、ぼくの右方にいる三人の部員、美衣と千佳先輩と愛蔵先輩、をそれとなく見た。話を聞かれてないか、確認したらしい。そして言う。いつもどおりの小声で。

「ぼくもわかるよ、その感じ」

「え?」

「先輩たちも梅本さんも、うまいから」

「あぁ」

「やってていつも思うよ、ぼくはヘタだなって」

「そんなことないでしょ。おれに言われてもうれしくないだろうけど、ムチャクチャうまいじゃん」

「まさか。全然だよ」

「あれで全然？」

「愛蔵先輩は経験者だし、千佳先輩も一年やってるから別として。梅本さんはすごいよね。ぼくと同じで今年からなのに。天性のものが、あるんだろうね」

「確かに、うまいよね」

「今だって、強い演劇部でやれると思うよ」

「そう、なの？」

「たぶん」

そうかもしれない。美衣にはあるのだ、愛蔵先輩にもある華が。

「でも、部に入ってよかったよ」と宮内くんは言う。「ぼく、しゃべれなかったんだよね」

「ん？」

「中学のとき。人と。ほとんど」

「あぁ、そうなんだ」

「そう。これでも、だいぶしゃべれるようになった」

「だいぶじゃないじゃん。かなりだよ」と言ってから、気づく。「だいぶとかなりは、同じか」

宮内くんが笑う。肩が少し揺れる。

カキン、と金属バットの音が響く。歓声が上がる。向こうのスタンドから。

それが収まるのを待って、宮内くんが口を開く。

「何か、広がっていくような感じがするよね、演劇は」

「広がっていく」

「しない？」

「いや、するかも」そして続ける。「かもじゃない。するね」

宮内くんとの話はそれで終わった。こんな場所でする話ではないような気がしたが、開かれたこんな場所でだからできる話であるような気もした。

いろいろあるのだ、宮内くんにも。というか、誰にでも。母にでも。れなにでも。

昨日、れながみつばにもう一つある安井家に泊まった。みつば南団地のD棟五〇五号室。父のとこだ。

明日から夏休みだし、ちょうど土曜日で、お父さんも休みだから。れなはそんなふうに説明した。母に許可をとるというよりは、単に事実を伝えるという感じだった。

そう言えば、おかしくないように聞こえる。でもおかしかった。話として不自然ではないが、無理はあった。花粉シーズンには一緒に耳鼻科医院に行く。シーズンオフでも、一緒にご飯を食べるくらいはする。が、両親が離婚してから元父のとこに泊まったことは一度もないのだ。ぼくも、れなも。

だから、れながそんなことを言いだして、ぼくはちょっとあせった。母も同じだったと思う。ただ、そうは見せなかった。れなが泊まりたいのね？　と訊いた。泊まりたい、とれなは答えた。お母さんがよければお父さんもいいって、と。いくらか挑発的に。

で、泊まった。ぼくが家を出た時点で、まだ帰ってきてはいなかった。

昼ご飯を、どこかで一緒に食べたのだろう。何ならそのあと映画を観るくらいのことは、するのかもしれない。ちょうど、鷲見翔平の主演作『渚のサンドバッグ』が近場のシネコンでやってるはずだから。

結局、みっ高は一対六で負けた。とった一点は、フォアボールで出たランナーを酒井先輩が二塁打で還《かえ》したものだ。

野球場を出て、最寄《もより》駅に向かう。広い歩道をみんなでのんびり歩いてるときに、愛蔵先輩が言った。

「それでも県の三十二強なんだからスゲえよ。上位四分の一には入ってるってことだもんな」

「演劇部で言うと、地区大会と県大会を勝って、ブロック大会に進んだ感じですよね」と美衣。

「上位四分の一だと、まだ無理じゃない？」と千佳先輩。

「そうですけど。感覚としては」

「美衣はさ、ほんとに大会とか出ようと思ってんの？」と愛蔵先輩。

「思ってますよ」

「五人じゃ、出ても勝てなくね？」

「そこは、やりようじゃないですか？」

「三、四人の芝居なら、十五人の芝居のほうが評価されそうだし」

「それはレベルがまったく同じだったときの話ですよ。たぶん」

「実際、ちゃんと鍛《きた》えられてるとこはレベルがちがうんだろうな。この試合の相手みたいに」

「でしょうね」

「今の観てて、勝てそうな気、した？」

「全然。でも、勝つ気でやることは大事ですよ。そうは思いました。野球部の人たちに勝つ気がなかったって意味ではないですけど」

「いや。なかったろ、勝つ気。勝てないと思っちゃってたよな、途中から」

「わたしはまだ始めたばっかりで、中学から演劇をやってきた人に勝てるわけないんですよ。ただ、だから負けていいと思っちゃったら、きっといつまでも勝てないですよね」

「もう お前、勝っちゃってんじゃん」

「はい？」

「中学どころか幼稚園のころから演劇をやってた人に。おれに」

「あぁ」と美衣は言う。「愛蔵先輩は別ですよ。何ていうか、ワク外です」

笑った。みんなが。

試合が終わった今になって、空が晴れてきた。雲の多くが去り、くすんだ白が澄んだ青に変わろうとしてる。

ぼくも掃除をしなきゃな、と思う。そろそろ、曇りを晴れに変えなきゃいけない。雲が動いてくれないなら、自分で動かしにかからなきゃいけない。


タレントとマネージャーがどんな関係になるものなのかは、よく知らない。

タレントがわがままで、マネージャーが振りまわされる。そんなイメージがある。でも若いタレントにはマネージャーがいつも説教をする。そんなイメージもある。

母が何故タレントをやめてしまったのか、まずそこをよく知らない。ここ二ヵ月ずっとあれこれ考えてきて、気づいた。元タレントだと知ってるだけで、ぼくは母のことをほぼ何も知らない。

それでも当たり前に親子ではいられるのだから不思議だ。小さいころからずっと母として身近にいたから、ぼくは母を母だと思ってる。考えようによっては、母を母と思う根拠はないとも言える。

母は今、ぼくら家族が知らないかつてのマネージャーのために動いてる。その人がいる病院に通ったり、その人が住むアパートの部屋を片づけたりしてる。恩人だから、だという。母がどんな恩を受けたのか、ぼくはそんなことさえ知らない。

友さんという夫がありながらその人の世話をするのは、やはり常識的なことではないだろう。母自身がそう思ってるから、ぼくらには何も話さないのだ。話す必要はないというか、巻きこむ必要はないと思ってるのだと思う。

それを何となく感じるから、ぼくもあれこれ訊いたりはしない。恩人というその言葉にも、隠された意味がありそうでこわい。平たくいえば、元カレだって恩人にはなり得るのだ。そう考えると、かなりこわい。

だからといって、何も知らずにいるのはやはり不自然に思える。居心地の悪さが日々増していくのを感じる。夏休みで家にいることが多くなったから、なお。

ちょっと行ってくるから、と母は出かけていく。うん、とぼくは見送る。特に必要がなければ、病院へともアパートへとも母は言わない。ぼくも訊かない。れなは、訊かないどころか、返事さえしない。母も怒らない。それについては、友さんも何も言わない。

これが自然なことと言えるか。言えない。見ようによっては、ぼくらは谷口さんが亡くなるのを待ってる。何も見なかったことにして、ただじっと待ってる。

それが自然なことと言えるか。言えない。

母が隠してるわけじゃないので、ぼくは病院がどこにあるか知ってる。都内。墨田区《すみだ》だ。谷口さんのアパートも、同じ墨田区にあるという。その墨田区がどの辺りに位置するのかは知らない。

調べたら、そう遠くなかった。新宿《しんじゅく》や渋谷《しぶや》よりは、ずっと近い。秋葉原《あきはばら》よりも、ちょっと近い。ならいいかな、と思った。近いんだから、行ってみてもいいよな、と。

本当は、言うほど近くない。家から病院まで、たぶん、一時間ぐらいかかる。ただ、今は夏休み。時間ならある。

これまた調べたところ、病院の面会時間は、午後一時から八時まで。入院患者様の症状やご希望により、ご面会をお断りしたり、お時間を制限させていただいたりする場合があります、とあった。

症状は、どうなのだろう。まったくわからない。がんになって余命半年と言われた人がどんな状態なのか。面会なんてできるのか。でも母は病院に行ってるのだから、できないことはないだろう。

問題なのはもう一つ。ご希望、のほうだ。確かに、患者さんが会いたくない場合もあるだろう。会いたくない人だって、いるだろう。無理に会うのが患者さんにとっていいことであるはずもない。ぼくには、会ってくれるだろうか。まあ、母の息子なのだから、会ってくれないことはないか。

ぼくは考えをまとめ、結論を出す。

谷口さんのことを、看とり人である母の息子がまったく知らないのは変だ。少しは知りたい。でも母自身には訊きづらい。だから、行く。一人で。

ではいつ行くか。母はいつも、病院か谷口さんのアパートにいるらしい。アパートは毎回ではないようだが、病院へは毎回行く。

そしてちょうどいい日がきた。

週に一日はそういう日がある。今日は家のことをやる、と母が言うのだ。買物だの窓拭《ふ》きだのフトン干しだの冷蔵庫の掃除だのをやる、まとめて片づける、と。

昼ご飯に母がゆでたそうめんを食べたあと、逃げるように家を出た。

JRのみつば駅まで歩き、上り電車に乗った。

二度乗り換えて、墨田区へ。

さすがは都内。病院の最寄駅周辺は開けてた。みつば駅周辺も開けてはいるが、開け方がちがう。まず駅ビルがドーンとあるし、ほかにも大きなショッピングモールがある。飲食店もあるし、ホテルもある。いくつもある。

線路の高架から垂直にのびる広い通りを歩く。

母も同じこの通りをいつも歩いてるのだと思うと、妙な気分になる。同じ安井家の二人でありながら、別行動。母はぼくが今ここにいることを知らない。ぼくは母をだましてる。うそをついてる。

病院へは、十分弱で着いた。

そこまでは、気楽に行った。まだ引き返せる。引き返せば、何もしなかったことにできる。その状態をギリギリまで保ちたかったので、駅前で花を買ったりもしなかった。それに関しては、お金の余裕がなかったという理由もある。往復の電車代千円だってキツいのだ、こづかいが月五千円の高校一年生には。

ネットの画像で見たとおり、病院は大きかった。建物が二つ三つあって、敷地も広い。玄関から入ると、正面に受付カウンターがあった。病院特有の匂いがする。いや、臭いか。足を踏み入れただけで、自分が消毒されたような気になる。あぁ、来ちゃったな、と思い、でもまだ引き返せるぞ、と思う。

最後の決断を下すべく、受付の少し手前で立ち止まる。緊張する。人々が行き来してる。話し声も聞こえる。活気があるというのとはちがう。足音に声。どちらも潜《ひそ》められてる。抑えられてる。

「ご面会?」といきなり声をかけられた。白衣を着た女の人だ。たぶん、看護師さん。

「あ、はい」と返事をする。

「ご家族?」

「いえ、家族では。えーと、知り合いというか」

「じゃあ、面会カードに記入して」と受付に導かれる。

最後の決断は自動的に下された。引き返すという選択肢が消える。

「こちら、ご面会だそうです」

受付の女の人にそう引き継いで、看護師さんらしき人は去っていく。さすがに病院側の人はキビキビと動く。

「ではこちらにご記入ください」

言われるまま、カードに自分の名前と谷口さんの名前を書く。安井想哉、はともかく。谷口久邦。まちがってはいないはず。確かこの字だ。

渡された面会バッジを胸につけて、エレベーターに乗り、4のボタンを押す。四階というのも何だな、と思う。まあ、しかたないのだろう。部屋番号で四を省くことはできても、階数でそれはできない。

一人きりのエレベーター内で、ふうっと息を吐く。

いよいよだ。もう戻れない。これで面会しなかったら、かえっておかしなことになる。

勝手にこんなことしていいのか？　と今さら思う。一人で来るにしても、母に言ったうえでそうすればよかったんじゃないのか？

エレベーターを降りる。背後でドアが閉まる。

あぁ、ヤバいヤバい、とさらに思う。谷口さんは知らない人だから逆に平気、とこれまでは思ってた。でも。まさにそう。谷口さんは、顔も知らない人なのだ。まったく知らない大人なのだ。ちょっと前までは、そんな人が存在することさえ知らなかった。しかも重い病気にかかってる。重いどころじゃない。治らない。

コンコンと控えめなノックをし、スライド式のドアを開ける。思いきって、入る。

部屋はわりと広い。ベッドが左右に二つずつ、計四つある。左の手前だけが空いてる。谷口さんは右の奥、窓側だ。

真ん中の通路を静かに歩き、そちらを向いて立ち止まる。

カーテンは開けられてる。ベッドのわきの台に花が置かれてる。たぶん、最近よく見るプリザーブドフラワーというやつだ。母が置いたのかもしれない。

ベッドには人が横たわってる。パジャマ姿だ。色は淡いブルー。お腹のあたりにタオルケットが掛けられてる。

顔を見る。初めて見る。あれっ、と思う。まちがえたのか？

谷口さんは、確か五十二歳。でもそこにいる人は、六十歳をとっくに過ぎてるように見える。何ならもっと上。館山のおじいちゃん世代に見える。

やせてる。やせ過ぎてる。脂肪どころか筋肉までそぎとられてる。骨ばってる。ほぼ皮だけ。細い首や腕に血管が浮き出てる。顔が黒い。日に焼けた黒さじゃない。内側からにじみ出る黒さ。何というか、黒ずんでる。頰《ほお》はこけ、目はくぼんでる。

その目がぼくを見てる。反応はない。いや、なくはない。息を吸って、吐く。何か言おうとしてる。

「あの」と先に言う。

思いのほか大きな声が出てしまい、ちょっとあせる。妙に静かな部屋の空気を自分が乱した感じがする。雑菌を持ちこんでしまった感じがする。

「ぼく」

そのあとが続かない。何を言っても伝わらないんじゃないか、と思う。来たことを、いきなり後悔する。

「谷口さんですか?」

言ってから、あの、ぼく、谷口さんですか? という変な文になってしまったことに気づく。

もう一度息を吸いこんで、その人が言う。吸った息を吐きながら。でも身動きはせずに。

「あぁ」と。

かすれた声だ。音としての厚みがない。肉がない。声にもやはり皮しかない。自分が質問したのでなければ、ただ嘆《なげ》いただけに聞こえたかもしれない。

もう余裕がない。お金の余裕だけじゃなく、気持ちの余裕もない。初めてエチュードをやったとき以上に言葉が出ない。

「ぼく、安井です」とノドの奥から絞り出す。

「安井。想哉くん、だ」

「はい。えーと、早苗の、息子の」

息を吸って、吐く。それを二度くり返してから、谷口さんは言う。

「どうして」

語尾は上がらない。でも質問だ。訊かれてる。

どうしてだ？　どうしてぼくはここにいる？

シンプルに考え、シンプルに答える。

「あの、会いに来ました。谷口さんに」

「僕に」

「はい」

「どうして」と、同じ質問がくり返される。

「えーと、何か、会ってみたくて」敬語に直す。「お会いしてみたくて」

「ほんとに？」

「はい」

谷口さんは黙る。目を閉じる。二秒ほどで、開ける。長めのまばたきだ。そしてぼくを見る。何も言わない。

だからぼくが言う。

「一人で、来ました。ぼくが今ここにいることを、母は知らないです」

谷口さんに合わせて、ゆっくりしゃべる。そう努めなくても、勝手にそうなる。急《せ》かしてはいけない。

「あの、言ってもよかったんですけど、何か、言いませんでした」

何だそれ、と自分で思う。

窓とベッドのあいだの狭いスペースに二つある小さな丸イスに目を向けて、谷口さんが言う。

「座ればいい」

「あ、いえ。だいじょうぶです」

もし座ったら、谷口さんとの距離が一気に詰まる。顔と顔の距離が、一メートルもなくなってしまう。無理だ。

「すまないね。お母さんには、世話になりっぱなしだ」

「いえ、そんな」

言葉が痛い。谷口さんに聞かされる言葉も。自分が言う言葉も。

いいえ、そんな。ぼくはそう言うしかない。うそを言ってるみたいだ。迷惑をかけられてはいない。ただ、家のなかが混乱してることは事実。

「れなちゃん、も、元気？」

「元気です。ソフトテニスをやってます。えーと、軟式テニスです」

「軟庭だ」と、谷口さんは友さんと同じ言い方をする。

「はい。夏休みも、毎日部活に行ってます」

「そう、みたいだね。想哉くんは、演劇部？」

「はい」

「お母さん、驚いてた。想哉くんが、演劇を始めて」

何を言おうか迷い、思ってもないことを言ってしまう。

「蛙の子は蛙、みたいです。ぼくは、たぶん、ずっとおたまじゃくしですけど」

谷口さんの薄い頰の筋肉が、引きつったように動く。震える。

笑ったのだ、と気づく。今の状態でもまだ笑えることに安堵する。笑えるなら笑ってほしい。無理をしない範囲で。

それでもう、言うことがなくなる。おたまじゃくし。しょうもないことを言ったと、少し悔やむ。

「すごくいい、蛙だったよ」

「はい?」

「お母さん。早苗さん」

「あぁ。えーと、はい」

「いい演技を、した。続けてたら、いい女優に、なってた」

「タレント、じゃなくてですか?」

「そう。女優。若かったけど、演技ができた。教わらなくても、できた。そういう人も、いる。才能が、あったよ」

何というか、ベタぼめだ。

言われたら言われたで、どうしていいかわからない。そうですか、とは言えない。そんなことないですよ、とも言えない。谷口さんにしてみれば、ほめるしかないのだろう。世話になってる人の息子が、わざわざ訪ねて来たんだから。

「今の想哉くんの、ころから知ってる。思いだすよ。ほんとに、若かった。光ってた。輝いてた。やっぱり、ちがうんだ、普通の人とは」

それは、昔の画像を見ただけでも何となくわかる。確かにちがうのだ、君は人前に出るべきだと周りから認められた人は。

「まあ、今も、若いけどね」

「そんなことないですよ」と、そこは言った。息子だからいいだろう。言わなきゃ変だ。

「想哉くんは、映画が、好きなんだね」

「はい。ヒッチコックが」

「ヒッチは、いいね」

ヒッチ。省略形。ある程度知ってる人の言い方だ。

「映画、やりたいの？」

「いえ、そういうことでは。ただ好きなだけです」

そう言って、黙る。

さすがに谷口さんとヒッチコックの話をする気にはならない。イギリス時代のも観てますか？　何が一番好きですか？　そんな話はできない。してる場合じゃない。

谷口さんも、黙る。また目を閉じる。今度は長めのまばたきじゃない。なかなか開けない。開けてくれない。

それだけで、あせる。体調が急変したのではないかと不安になる。

五秒ほどで、谷口さんはようやく目を開ける。でも口は開かない。

ぼくを含めて四人。それだけの人がいるのに、病室は静かだ。静かすぎる。

ぼくと谷口さん以外の二人も男性みたいだが、眠ってるのか、どちらも身動きをしない。ほんとに眠ってるだけなのか？

早くも限界がきた。谷口さんにじゃなく、ぼくに。

いや、谷口さんだって似たようなものだろう。無理をしてしゃべってくれたのだろう。そんな理屈を自分のなかでつけて、言う。

「じゃあ、帰ります。お邪魔しました」

谷口さんがゆっくりとうなずいて、言う。

「来てくれて、ありがとう」

「あ、いえ。えーと、お大事にしてください。じゃあ、あの、これで」

職員室を出るときのように素早く頭を下げる。勢いのままに病室を出る。

出たあとも、早足で歩く。階段で下りてしまおうと思うが、どこにあるかわからないので、しかたなくエレベーターを待つ。ドアの前で小刻みに足踏みをしながら。

わきの下に汗をかいてる。Tシャツが濡れてる。病室はとても暑かった。エアコンの温度が高めに設定されてたのかもしれない。そうじゃなくても、汗はかいたろう。今が冬だってかいたろう。

エレベーターに乗る。一階で降りる。面会バッジを受付に返す。早すぎ！　と思われないかと不安になる。思われてもいい。とにかく限界だったのだ。

やはり早足で玄関から外に出る。もわっとした空気に全身を包まれる。暑い。でも安心する。終えた、戻ってきた、と思う。ふううううっと大きく息を吐く。すうううっと大きく吸う。

逃げるように出てきてしまった。ようにじゃない。実際に逃げだした。あれ以上は耐えられなかった。あのままでは、いずれぼく自身が、過呼吸とかそんなことになってたかもしれない。朝イチの全校集会で倒れる貧血気味の生徒みたいに、いきなりバタンといってたかもしれない。

参った。初めてエチュードをやったときの比じゃない。

母の恩人ではあっても、まったくの他人。会う必要はなかった。正直に言うと、ぼくは自分をちょっといいやつだと思ってた。母に頼まれてもいないのに訪ねるんだからいい息子ではあるよな、と。

甘かった。甘いなんてもんじゃない。

今は、自分をヤラしいやつだと思う。

何だろう。あの部屋には死があった。確実に、あった。死が生と同居してた。生を侵食しつつ、結果的に同居してた。生はあの部屋から逃げられないのだ。ぼくがそうしたようには。

「あー」と声を出してみる。「何だよ。何なんだよ」

何でだよ。何で谷口さんは死んじゃうんだよ。死んじゃうのに、何で生きてるんだよ。安井想哉。何なんだよ。お前、ほんと、何なんだよ。

元父と友さんの両親、父方のおじいちゃんとおばあちゃんは、七十代。どちらも元気だ。

一方、母の両親はとっくに亡くなってる。母の父は、母が二十代のときに。母の母は、もっと前、母が十歳にもならないときに。

だから、これまで死を身近に感じたことはなかった。葬儀にも出たことがない。親戚の葬儀は何度かあったが、ぼくもれなもまだ小さかったので、連れてはいかれなかった。じき亡くなりそうな人を見舞ったことすらない。

それだけに、強烈だった。谷口さんは他人だ。どんな人かも知らない。なのに、強烈だった。

かわいそうだとか何とか、そういうんじゃない。死がそこにあるのだということに、ただただ圧倒された。生きてる人が死をまとってしまうのだということに。そんな形で死が見えてしまうのだということに。

ぼくが来たことは母に言わないでください。

そう言うのをすっかり忘れてたことに気づく。でもそれについての後悔はない。そんなことは、もうどうでもいい。

本当に、参った。いろいろなものが吹っ飛んだ。一気に。こっぱ微塵《みじん》に。


墨田区の病院から電車を乗り継いで、みつばのベイサイドコートに戻った。

あらためて、ヒッチコックの映画を観た。『裏窓』にした。

気を落ちつかせるために観たはずが、考えてしまった。

ジェームズ・スチュワートが演じる主役のカメラマンは、足を骨折して動けないという設定だ。骨折は、治る。また動けるようになる。いずれは日常生活に戻れる。こじれかけてたグレース・ケリー演じるカノジョとの関係も、うまくいくかもしれない。

でも谷口さんは、そうはいかない。

ギリギリな二学期

谷口さんの件で母に何か言われるようなことはなかった。病院に行った次の日の夜にでもさっそく言われるかと思ったが、そうはならなかった。意外といえば意外だ。谷口さんが言わなかったのだろう。そう判断した。

あのとき、ぼくは一人で谷口さんを訪ねた。母には言ってないと伝えもした。だから谷口さんも母に言わなかったのかもしれない。ぼくが母に知られたくないと思ってると、そうとってくれたのだ。

だとしたら。安井家がいくらか混乱してることまで、感じとったかもしれない。たとえそうとらなくても、想像はするだろう。身内でも何でもない谷口さんを母が看とる。それを家族が何とも思わないわけがない。

安井家の混乱は続いてる。このあとも続くだろう。何なら、谷口さんが亡くなったあとも続くかもしれない。

ぼくが予想できるのだから、そのくらいのことは母だって予想できるはずだ。動く前に、予想しただろう。

それでも母は、そうするほうを選んだのだ。その決断は重い。谷口さんの姿を見てるから、ぼくにはその重さがわかる。わからないままでいたかったような気もする。今さらしかたないけど。

母とれなは、相変わらずほとんどしゃべらない。そして、ほとんどしゃべらないのに、時々衝突する。まあ、そうなるだろう。同じマンションの一室に暮らしてて、ずっとすれちがってられるはずがない。

とはいえ、衝突はいつも小規模なもので終わる。

「れな、早くおフロ入って」

「待ってよ」

「カビないように壁の水滴を拭きとりたいから」

「だから待ってよ」

あるいは。

「十月からの冬服、キツくないわね？」

「ない」

「あとでやっぱりキツいって言わないでよ」

「だからキツくない」

その程度。会話はせいぜい二往復。それ以上にはならないよう、双方が抑えてる。そうなったらヤバいことがわかってるから。家族として健全な状態とは言えない。

家のなかでの衝突がその程度ですんでるのには理由がある。同じマンションの一室に暮らしてて、と今言ったばかりだが、母とれなの二人がともに暮らしつづけてるわけではないからだ。

どういうことかといえば、れなは、夏休みが明けてからも南団地に行ってる。元父のとこに毎週泊まってる。学校がある日の前夜もということはないが、金曜と土曜の夜は泊まる。もうそれが当たり前になってる。

初めは、金曜だけ、もしくは土曜だけ、だったが、いつの間にかダブルになった。連泊。土曜の部活には、元父のとこから行ったりする。終わるとまたそこに戻ったりもする。で、日曜の夕方に、南団地からベイサイドコートに帰ってくる。

母は何も言わない。いや、言ったけど、初めだけ。れなが初めて連泊したときに、こう言った。泊まるのはいいけど、お父さんに迷惑をかけないようにしなさい。

そこはさすがに母だ。お父さんが迷惑するでしょ。そんなズルい言い方はしない。れなが泊まりに来ることを、元父が迷惑に思うわけがないのだ。もちろん、れなだってそれを知ってる。自分が疎《うと》まれないどころか、歓迎されることを知ってる。

さすがに母と元父は、その件で何か話をしてるだろう。母が元父に事情を説明してるだろう。友さんと元父だって、何かしら話をしてるだろう。その前にまず、母と友さんが、してるはずだ。

母だけじゃなく友さんも、れなにはほとんど何も言わない。言わないが、友さんのほうには、ほとんど、が付く。まったく言わないことはない。行くな、とは言わない。行きな、とも言わない。ならどう言うか。兄貴んとこ行く？　なんて言う。フトンあんの？　とも言う。あるよ、とれなは返す。お客さん用が二組あるから友さんも泊まれるよ。

そう見せないだけで、友さんは相当やきもきしてると思う。母以上にしてると思う。何せ、ぼくだってしてるくらいだから。

元父の住まいが同じみつばなので、れなが泊まってもおかしくはないように感じられる。でもやっぱりおかしい。近いからこそ、泊まるのはおかしい。

一度、れなにそう言った。おかしいのはお兄ちゃんだよ、と言われた。何でお母さんのやってることがおかしいと思わないわけ？　何でそんなに鈍感なわけ？

言い返せなかった。

れなだって、友さんに対して鈍感すぎるだろ。

あとでそんな反論を組み立ててもみたが、理屈としてちょっと弱かった。いかにも組み立てた感じがした。人の気持ちを考えろ、なんてセリフを仕事として口にする教師みたいだ。

本当にやきもきした。その末に、もう一度谷口さんを訪ねてみることを思いついた。何故かはよくわからない。とにかく動きたかった、動かずにはいられなかった、ということかもしれない。それで動いたことになるのかは、もっとわからないけど。

ちょうど土曜日だったので、思いついたその三十分後には家を出た。

いいや、出ちゃえ、と思った。間を置いちゃダメだ、とも思った。初訪問からは約一ヵ月。すでに間はたっぷり置かれてるが、ここが限度だ。これ以上置くと、気持ちを立て直せなくなる。いいや、出ちゃえ、じゃなく、いいや、行かなくて、になる。

で、そんなふうに思いつきで行動すると、たいてい失敗する。

今回も、そうなった。二度めにして早くも出くわしてしまったのだ。母と。

病院の面会カードは一枚もので、病室ごとに束ねられてたりするわけじゃないから、気づけなかった。受付の女の人も、先客がいることを教えてくれなかった。ぼく同様気づかなかったか、でなきゃ名字が同じ安井だったから、気に留めなかったのかもしれない。

ぼくも自分のことで精一杯。母のことまで考える余裕はなかった。母が出かけたのは午前で、ぼくが出かけたのは午後。谷口さんのアパートにも行くから帰りは遅くなるとも母は言ってた。出くわすことはないだろうと思った。

が、スライド式のドアを開けて病室に入ると、いきなり母の姿が目に飛びこんできた。

やや遅れて、声も聞こえてきた。ドアのところから谷口さんのベッドまでは距離がある。でも自分の母なんだから、わかる。

七分袖のライトグレーのTシャツに白いパンツ。谷口さんを見舞うときの、カジュアルな服装の母。

入室の際、失礼します、と小声では言ったが、届いてはいなかった。母はこちらを見てない。気づかれてはいないらしい。右の手前のベッドのカーテンが少し引かれてるので、奥の谷口さんの姿は見えない。

とっさの判断で、そのベッドのほうへ曲がった。

谷口さんからも母からも死角になる位置に進む。要するに、二人から隠れる。

ベッドが空いてたので、たすかった。人が寝てたら、こうはできない。

前回はこのベッドも埋まってた。左の手前は空いてたが、こちらには人がいた。今は左の手前は埋まってるが、こちらは空いてる。ここにいた人は男性だった。いったいどうしたのだろう。

どうしたもこうしたもない。いわゆる緩和ケア病棟。病気が治って出ていく人はいない。はずだ。

「今日も外は暑いですよ」と母が言う。

その声が、ベージュのカーテン越しに聞こえる。いや。越しに、でもない。カーテンは、ベッドの三分の二ぐらいまで引かれてるだけだから。

ぼくはそのベッドの枕側に立ってる。どうしていいかわからずに、ただ立ち尽くしてる。母が病室から出ていこうとしたら、見つかってしまう。出ていこうとしなくても、谷口さんの足もとにまわっただけで見つかってしまう。

「といっても」と母は続ける。「八月にくらべたら、気温は下がってきたかな」

「ああ」と谷口さん。

「この部屋にいるだけじゃ、わからないですよね？」

谷口さんの声は聞こえない。うなずいたのかもしれない。

「それとも、窓から射す陽の感じで、わかります？」

「わか、らないかな」

「そんなふうに考えて陽射しを見ないですもんね」

母の声に笑みが混ざったのがわかる。混ざったというよりは、混ぜた、だ。

そして会話がなくなる。

その状態が、かなり長いこと続く。

実際には一分か二分ぐらいだろうが、息を潜めて隠れてるぼくには、五分にも十分にも感じられる。

一分や二分でも長いと思う。普通、人が二人でいて、一分も二分も話さないなんてことはない。どちらかがゲームをやってるとかマンガを読んでるとか、そういうことがあれば別だが、ただ二人でいる状況でそうなることはほとんどない。なったら、お互い気詰まりだろう。

でも。

母と谷口さんの場合は、たぶん、ずっとこうなのだ。

こないだぼくもカーテンのあちら側にいたからわかる。この病室で、二人がベラベラしゃべり続けるわけがない。毎日毎日話すことがあるわけがない。ただでさえ谷口さんは、こんな状態なのだし。

そう考えて、思った。

しゃべらない。が、一緒にはいる。いられる。それって、結構すごいことじゃないだろうか。

気温や陽射しについての会話はすでに終わったことを充分に感じさせる時間が過ぎて、谷口さんが口を開く。

「カグラ、ユリコさん。覚えてる？」

例によってゆっくり言ってくれたから、聞きとれた。

「はい」と母が返事をする。「一度、ニシカタのご自宅に連れていってもらったことが、ありますよね？　谷口さんに」

「ああ」

「いろいろとお話を、聞かせてもらいました」

「そうだった」

カグラユリコさん。神楽有里子さん、だろう。ぼくが生まれるずっと前、昭和のころに女優をやってた人だ。名前は聞いたことがある。

「もう、十年ぐらいになります？　亡くなられて」

「そのぐらい、だね」

「引退はなさってましたけど、大きなニュースになりましたもんね」

「ああ」

「わたしもとっくにやめてたけど、思いだしましたよ。ご自宅に伺ったこと」

「あの人も、同じ、スイゾウだった」

スイゾウ。すい臓。

「あぁ。そうなんですね」

「やっぱり苦しんだ、らしい」

母の声は聞こえない。そう言われたところで、言えないだろう。何も。

やっぱり苦しんだ。やっぱり。

当たり前だが、谷口さんも、苦しいのだ。それどころか、ものすごく苦しいのだろう。

今だって、そうなのだろう。

ぼくまでもが、苦しい。ちょっとほんとにマズいな、と思う。このままじゃ見つかってしまう。

病室を出ていくか。それとも、母と谷口さんの前に出ていくか。

理想は前者。病室を出ていきたい。でも気づかれる可能性は高い。そうなったら最悪だ。来て、自分の母の姿を見て、逃げた。意味がわからない。

ならば後者。二人の前に出ていくか。

そうするにしても、ここにいたことは知られたくない。立ち聞きしてたことを、知られたくない。今の今病院にやってきて、病室に入ってきたことにしたい。そのふりをするしかない。バレずにやれるだろうか。

と、そんなことを考えてたら。

母のこんな声が聞こえてくる。

「お花、もうちょっと窓側に寄せますね」

お花。それがあるのは、ベッドのわきの台。枕側だ。

母が動く気配がする。台のとこからなら、たぶん、ドアは見えない。

急いで、でも足音は立てないよう気をつけて、ドアに向かう。そのドアを静かに、でも素早く開けて、外に出る。振り返りはしない。顔を見られるおそれがあるからだ。

後ろ手にドアを閉め、控えめにダッシュする。看護師さんに見られても怒られない程度の小走り。そして今回は必死に階段を探し、見つけたそれを同じく控えめダッシュで下りた。

一階に着いたとこで、ようやく振り返る。誰もついてこない。階段を下りる音もしない。

受付に行き、面会バッジを返した。まちがいなく、早すぎ！　と思われただろう。事実、受けとってから十五分も経ってない。

でも別に理由を訊かれたりはしない。それはそうだろう。十五分で帰るなんてあまりに不人情じゃないですか？　なんて病院側が言うわけない。

このあと谷口さんの容体《ようだい》が急変したら。

そのときは何か疑われるかもしれないけど。

お客さんから見て左、下手《しもて》から出ていく。

ただの視聴覚室でも、舞台は舞台。足を一歩踏み出せば、風景は変わる。

初舞台は、誰だって緊張する。たとえセリフは一つしかなくても。下手から上手《かみて》へただ歩き去るだけでも。

ぼくは迷う。道に迷ったふりをする。迷子の演技をする。一応、高校生の役だ。ぼく自身に近い。

　辺りを見まわしながらも、足は止めずに舞台を歩く。照明の光を浴びる。わき役もわき役。ピンスポットライトじゃなく、ただの全体照明。でも、浴びてる。お客さんは立ち入ることができない特別な場所に、ぼくはいる。

　舞台には柵が置かれてる。持ち運びができるアルミ製の柵だ。それで舞台と客席が仕切られてる。柵そのものとしてつかわれてるわけじゃない。あくまでも舞台装置。校舎の屋上の柵、を表してる。舞台が屋上で、客席が海や港のほうだ。

　その柵のこちら、舞台上の下手寄りに愛蔵先輩と宮内くん、上手寄りに千佳先輩と美衣がいる。

　ぼくは四人の後方をフラフラと歩く。もちろん、今日はゲロを吐いたりしない。歩くだけ。

　挙動不審なぼくを、四人がチラチラ見る。

　舞台の真ん中を過ぎたあたりで、愛蔵先輩が声をかけてくる。

「何？」

　間が絶妙だ。うまい。

「あ、いや」とぼくは言う。「何か、まちがえちゃったみたいで」

　そしてそのまま上手へと去る。客席からは見えなくなる。

これまた絶妙な間を置いて、美衣のこんな声が聞こえてくる。

「今の、誰？」

「新入部員」と愛蔵先輩が応える。「二人遅れて入ってきたからさ、役がなかったんだよ。だから、あとで足した。話の筋とは関係ないよ」

しばしの沈黙のあと、客席からさざ波のような笑いが起きる。芝居のなかにいきなり現実が入りこんできたことを、お客さんたちが理解したのだ。本当に役がなかった新入部員を無理やり舞台に立たせたのだと。

これは愛蔵先輩のアイデアだ。夏休み明け、九月になってから、愛蔵先輩はそんなことを言いだした。ねぇ、先生。やっぱ安井っちも舞台に出しましょうよ。

ぼくは遠慮した。強く辞退した。

今さら役なんて増やせないでしょ。千佳先輩もそう言ってくれた。

その常識的な反応には拍手を送った。

でも非常識な部長は引かなかった。いや、だから役ってほどの役じゃなくていいんだよ。ただ舞台を歩かせちゃえばいいんだ。

で、本当にそうなった。ただ舞台を歩くだけの役が、新たにつくられたのだ。冗談みたいなものとして。

既成台本をいじっちゃマズいんじゃないの？　という常識的な意見がそこでも千佳先輩

から出た。

先生の出番ですよ、と愛蔵先輩は言った。この台本を書いたどこぞの先生に、あとから入った部員も出してやりたいんでちょっとだけ手を加えさせてほしいとお願いしてくださいよ。

ＪＪはお願いした。どこぞの先生も、すんなり許可を出した。そういうことならじゃんじゃん手を加えてください、とそんなことまで言ったそうだ。まったく。自分の作品にプライドを持ちましょうよ、とぼくが言いたくなる。

というわけで。ぼくは急遽、初舞台を踏んだ。県立みつば高校の三つ葉祭《みつばさい》において、あっけなく役者デビューを果たした。演劇部の舞台『船出』で。みつば高校の演劇部員、安井想哉役で。

そう。つまりぼくは、初舞台にいきなり本人役で登場したのだ。スターでも何でもないのに。

初舞台ということでいえば、それはＪＪも同じだ。顧問なのに、ＪＪは本番での裏方作業のほとんどを担当した。千佳先輩がほぼずっと舞台にいるので、そうせざるを得なかったのだ。

あとはぼく。ＪＪとぼくが、事前に愛蔵先輩と千佳先輩の指示を受け、二人であれこれ分担した。ピンスポットライトを動かしたり、効果音や音楽を流したり。

意外にも、JJはその音楽をつくってきた。舞台に流す音楽を、自作してきたのだ。自宅にあるというシンセサイザーとパソコンを駆使して。

それにはみんな驚いた。顧問だから、せめて何かしないとね、とJJは言った。台本は書けないし、演出もできないから。

聞けば、高校時代、バンドでキーボードを弾いてたという。それ以前にピアノを習ってたとかじゃなく、独学である程度弾けるようになったのだそうだ。

つくってきた音楽は、思った以上にきちんとしてた。初めから想定してつくったとのことで、場面にもよく合った。

先生、やればできるじゃないっすか、と愛蔵先輩がほめ、わたし、ちょっと感動、と美衣もほめた。

同じく、と言って、千佳先輩はメガネを左手の指で押し上げた。メガネがずり下がったときだけじゃなく、何かで心が動いたときも、この人はそうするのだ。二度、三度と。

宮内くんは、満足げに笑ってた。こんなときの宮内くんはただ笑うだけということが多いが、最近、その笑いにもヴァリエーションがあることがわかってきた。満足げ。悲しげ。楽しげ。宮内くんは宮内くんなりに、感情を笑みで表現してるのだ。

三つ葉祭における『船出』の公演お知らせポスターは、千佳先輩が描いた。登場人物の四人が等間隔に立ち、それぞれにちがう方向を見てる。写実的ではないが、アニメチックでもない。やわらかな、それでいて芯《しん》があるタッチ。

手先が器用で絵もうまいと聞いてたが、本当にうまかった。今からでも美術部に移籍したらどうですか？　と言いそうになった。千佳っち、これはヤベえよ、と愛蔵先輩は言った。スゲえ舞台だと思われんじゃん。ポスターが芝居を超えちゃってんじゃん。

そのポスターはプリントされ、校内のあちこちに貼られた。あのポスターください、とわざわざ部室に言いに来た一年生の女子もいた。

実はぼくも同じクラスの女子に言われた。初めて口をきく、清水未来《しみずみらい》というサッカー部のマネージャーだ。だから千佳先輩の許可を得て、一枚あげた。

男子でも、ポスターをもらった人はいた。誰あろう、宮内くんだ。こちらは、一枚だけじゃなく、二、三枚もらってた。自室に飾る用と保存用ということで。

「あぁ。船も行っちゃうね」と千佳先輩が言い、

「行っちゃうけど。戻ってくんでしょ、漁船なんだから」と美衣が言って、

『船出』は始まる。

四人の高校生が、卒業後の進路を模索する。

東京の大学に行く者→美衣。

地元の大学に行く者→宮内くん。

地元で就職する者→千佳先輩。

地元で漁師になる者↓愛蔵先輩。

愛蔵先輩と美衣は、別れたカップルだ。

最後は。

「あ、船、戻ってきたよ」と千佳先輩が言い、

「そりゃ戻ってくるよ。漁船なんだから」と美衣が言う。

それを受けて、愛蔵先輩が言う。

「戻ってこない漁船もあんだよ。海に沈んじゃう漁船もあんだよ」

愛蔵先輩の父親は何年も前に漁船の沈没事故で亡くなった。でもそれを美衣には言ってなかった。そして自分も漁師になることを決意した。

そんな話だ。

大きな拍手をもらって、『船出』は終わった。

「愛蔵～！」という男声や、「美衣ちゃ～ん！」という女声が、客席からかかった。さすがに、安井～！はなかった。あるわけない。

ただ、ポスターをあげた清水未来と、望月くんと目黒くんは観に来た。来てほしいと頼んだわけではないが、来てくれた。できれば来ないでほしい、と頼みたいとこだったが、そこまではしなかった。

サッカー部マネージャーの未来は、思ったよりちゃんとした劇をやるんだね、と言っ

た。

地学部の目黒くんは、おもしろかったよ、とだけ言った。

文芸部の望月くんはこうだ。

あの登場はよかったね。虚構に現実が入りこむ。ある種の不条理だ。ちょっとカフカっぽかったよ。安井くんが、城に向かうKに見えた。

なら、まあ、成功だったのだろう。

「もう、ほんと不思議だよ」とれながイラついた口調で言う。「何でお母さんを好きにさせとくの？　何でやめさせないの？」

友さんはその問に答えない。いつものように苦笑しつつ、五目焼きそばを食べる。

「ねぇ、何で？　逆にさ、友さんはお母さんのことが好きじゃないのかと思っちゃうよ」

「おい、やめろよ」とぼく。

「いいよ、想くん」と友さん。

「わたしなら、自分のカレシにほかの子の世話なんて絶対にさせないよ。そんなのおかしいもん」

「えっ。れなちゃん、カレシいんの？」

いたらって話」

「何だ。よかった」

「ちっともよくないよ。わたしにカレシがいないことがじゃなくて、友さんとお母さんのことがよくない。全然よくない」

「まあ、そう言わないでよ」

「って、何でそんなふうにのんきなこと言ってるわけ？　ほんとにどうでもいいの？」

「よくはないよ」

「よくはないって、そればっかりじゃん。よくないなら、よくしようとしなよ」

「でも」と友さんは言う。「苗ちゃんの気持ちもあるからね」

「じゃあ、わたしの気持ちは？」

「もちろん、あるよ。れなちゃんの気持ちも大事にしたい」

「大事にされてる感じ、しない。わたしは友さんの味方なのに、友さんはわたしの味方じゃないみたい」


割りばしを動かす手が止まる。友さんのじゃなく、ぼくの手が。

正直、ちょっといやになる。友さんが帰りに買ってきてくれた晩ご飯、テイクアウトの中華丼がマズくなる。エビにもキクラゲにもウズラの卵にも、いつものうまさがなくなる。

友さん自身は、もっといやだろう。仕事を終えて疲れて帰ってきたのに、そんなことを言われるんだから。それも。娘とはいえ、三十一歳も下の女子に言われるんだから。れなの言葉の棘《とげ》は日ましに鋭くなる。心のなかでいちいち削って尖《とが》らせてから口に出してるみたいだ。相手が友さんだから言いやすいのかもしれない。元父にならそんな言い方はしないだろう。友さんと元父。それぞれが、場合によって、近かったり遠かったりする。

「お父さんも言ってるよ」とれながその元父を持ちだす。「家を空けるのはあんまりよくないなぁって」

「言ってるだけなら、友さんと同じだろ」

ついそう言ってしまってから、気づく。元父に、言う以上のことができるわけがない。していいわけがない。ぼくらの現父は友さん。元父は、あくまでも伯父さんなのだ。

そもそも、元父はそんなことを言わないような気がする。言ったとしても、れなに同調してやっただけだろう。でなきゃ、れなが都合のいい部分のみを拾ったのだ。

お前って言うな、と言われるのを承知で、ぼくは続ける。

「お前さ、泊まりに行って迷惑とかかけんなよ」

「は？　何それ」

「毎週泊まるって、そっちのほうがおかしいだろ」

「おかしくない。お父さんもいいって言ってるもん。悔しいなら、自分も泊まればいいじゃない」

「悔しいって何だよ。そんなこと言ってるんじゃないよ」

「もういいからさ、ほら、春巻きも焼売《シュウマイ》も食べてよ」

「だからよくないよ」と、れなはなおも友さんに絡む。「春巻きも焼売もどうでもいいよ。まずお母さんをどうにかしてよ」

よくない。春巻きも焼売も、どうでもよくはない。どちらもれなが好きだから、友さんがわざわざ選んで買ってきてくれたのだ。友さんもぼくも、どちらかといえば酢豚や餃子《ギョウザ》のほうが好きなのに。

いや、まあ、それはいい。料理の種類は何でもいいが。どうでもよくはない。

春巻きや焼売を、食べられない人もいるのだ。経済的な事情でとか、そういうことを言ってるんじゃない。そのおいしさは知ってても、食べたいという気になれない人だっているのだ。ちょっと食欲がないとか、そういう話でもない。体を蝕《むしば》まれることで食べる気力そのものを奪われてしまう人だって、いるのだ。そういうことを知ってれば、どうでもいいと思えるわけがない。

晩ご飯をすませると、皿を洗った。

今日の当番はぼくなので、十分でササッとそれをすませた。ほとんどが店のテイクアウト容器。楽だった。ズルい、とれなはそのことにさえ文句を言った。

それから、自分の部屋に戻って、ヒッチコックの映画を観た。『ダイヤルMを廻《まわ》せ！』だ。

そこへ、フロ上がりのれなが入ってきた。濡れた髪をバスタオルで拭いながら言う。

「ねぇ、KAZ・MARSの新曲ちょうだい」

不機嫌な声だ。晩ご飯のときのやりとりをまだ引きずってるらしい。

「お前、ノックしろよ」と、こちらもやや引きずって言う。

「お前じゃない。ねぇ、新曲」

「買ってないよ」

「そうなの？　何でよ」

「何でよって。要らないからだよ」

「買いなよ」

「自分で買えよ」

「お金ないもん」

「おれだってないよ」

KAZ・MARSにまわすお金はない。このところ、ソフトなKAZ・MARSでは満足できなくなってる。KAZ・MARSならAC／DCを聴きたくなる。たまに学校でも、『バック・イン・ブラック』のタイトル曲を口ずさんでることがある。

「また映画観てんの？」とれなが言う。「ほんと、好きだね」

「好きなものは、観るんだよ」

「同じの、何度も観てない？」

「いいものは何度でも観られんの。れなだって、好きな音楽は何度でも聴くだろ？」

「映画と音楽はちがうよ。映画は一度でいいじゃん。何度も観たら、あきるじゃん」

「だから、いいものはあきないんだよ。何度でも観たくなる」

「オタクだ」

「いいよ、何でも。ほら、出てけよ。KAZ・MARSはないから」

れなは出ていかない。

「じゃあ、マンガ借りよっと」

そう言って、本棚を物色しはじめる。

「何だよ」

パソコンの映像を一時停止する。そしてれなを見る。れなは本棚を物色するふりをしてるように見える。つまり、演技をしてるように見える。

何故か。

ぼくの邪魔をしたがってる？　母とのいさかいからくるストレスをそれで解消しようと

してる？　ぼくを味方につけようとしてる？　友さんが煮え切らないから、兄で妥協しようとしてる？

　そうでないなら。

「最近、球打ってんの？」と尋ねてみる。

「は？」

「部で。素振りするだけじゃなく、ボール打ってんの？」

「打ってるよ。三年生は引退したし」

　夏の大会で、みつば南中のソフトテニス部はそこそこいいとこまで行ったらしい。れながそう報告してた。母にじゃなく。ぼくにでもなく。友さんに。

「お前、うまいの？」すぐに言い直す。「れなは、うまいの？」

「たぶん、一年のなかではうまいほうだと思う。新人戦とか、出られそうだし」

「すごいじゃん」

「すごくないよ。新人戦だもん」

　よくわからないが。試合に出られるだけですごい。芝居に紛れこんだ通行人の役で舞台に出るよりは、すごい。

「れな」

「ん？」

「明日、部活ある？」

「ない」

「じゃあ、ちょっと出かけよう。電車代はおれが出すから」

「どこ行くの？」

「病院。谷口さんが入院してる病院」

「谷口さんて、もしかして、あの人？」

「もしかしなくても、あの人」

「何それ。いやだよ」

「いやじゃないよ。いやとか言ってる場合じゃない」

「一人で行きなよ」

言うべきか迷う。言う。

「行った」

「え？」

「一人で行った。れなも行くべきだと思う」

「いや。絶対いや」

「谷口さん、ほんとに長くないんだよ。行かなきゃ後悔する」

行っても後悔はするけど。

「何でわたしが行くのよ」

お母さんの子どもだからだよ。と言うつもりで、実際にはこう言う。

「知らんぷりしてるべきじゃないからだよ」

会話を立ち聞きしただけとはいえ、病室で母と谷口さんと居合わせて、何となくわかった。何となくとはいえ、はっきりわかった。母と谷口さんに、やましいことはない。二人はそんな関係じゃない。あの感じでそれはない。ぼくにはわかる。母の子どもだから、わかる。

れなが黙ってるので、たたみかける。

「お母さん、明日は一日、家にいるぞ。フトンのシーツの洗濯とか掃除機の掃除とか、いろいろやるって言ってたから。れなも練習はないんだろ？　丸一日、二人だぞ。おれもまた病院に行くから」

ひどい。妹にする脅《おど》し方じゃない。家でお母さんと二人きりになってもいいのか？　なんて。

ふてくされたように、れなが言う。

「じゃあ、行く。一日お母さんと二人なんていやだもん。その代わり、アイスとか食べるからね。クレープとかも食べるからね。そのお金も出してよね」

「出すよ」とぼくは言う。「でも、せめてどっちかにしろよ」


翌日の土曜。昼ご飯に母がつくったチャーハンを食べたあと、時間差で家を出た。

ＪＲのみつば駅で合流し、墨田区へと向かう。

二人分の電車代は痛かった。れなは中学生だから、もうこども料金じゃない。二人でほぼ二千円。そのうえアイスにクレープときてはたまらない。クレープなんてどこがうまいんだ。バナナのやつはうまいけど。

で、もう一つ痛いことに。今回は花も買う気でいる。

それを持っていったら、母に気づかれてしまうかもしれない。でも、ぼくとれながそうしたとまでは思わないだろう。ほかにも見舞客は来るはずだし。

駅前の花屋の店員さんに事情を説明し、三千円までと条件をつけて、花を選んでもらった。黄色いガーベラのプリザーブドフラワーを買った。加工する分、生花にくらべて高いらしく、大小の花が三つだけの、こぢんまりしたものになった。いくつか出た候補のなかから、これ、とれなが決めた。

病院の受付で面会カードに自分とれなと谷口さんの名を書き、面会バッジを受けとって、エレベーターへと向かう。

あれこれ説明はしない。れなもいちいち質問はせず、黙ってぼくについてくる。れなはれなで緊張してるはずだ。一人じゃないとはいえ、中一。女子。知らない大人の男性に会わされる。緊張しないわけがない。

エレベーターに乗り、四階で降りて、病室へ。

ぼく自身の緊張も高まる。妹同伴。谷口さんに疎まれないだろうか。一度めはよかった。でも二度めとなると、もういいよ、になってしまわないだろうか。めんどくさがられないだろうか。

ノックをして病室に入り、通路を歩いて、右へ。

手前のベッドは埋まってる。単に高齢としか言えない男性が寝てる。ぼくが母と谷口さんから隠れたあのあとに入ったのだろう。

奥のベッドのカーテンは開いてる。

谷口さんはいてくれた。初回に見たときと同じ体勢で横たわってる。あれから少しも動いてないかのようにそこにいる。気配を感じたのか、閉じてた目を開ける。

Tシャツの背中を引っぱられる。ぼくのすぐ後ろにいるれなが、片手でキュッと生地《きじ》をつかんだのだ。

驚きととまどいが、そのキュッから伝わってくる。正確に言うなら、おびえかもしれない。自分もそうだったから、よくわかる。

「こんにちは」本当は三度めだが、二度めのつもりで谷口さんに言う。「また来ました」

錯覚かもしれないが、谷口さんはさらにやせたように見える。今この瞬間もどんどんやせていくように見える。

「あぁ」と、かすれた声で谷口さんが応える。

「妹です。連れてきました」

「れなちゃん」

「はい」

「うれしいよ」

「あの、これ、どうぞ。前は持ってこれなかったので。えーと、そこに置きます」

窓とベッドのあいだの狭いスペースに進み、台の上、もとからあるプリザーブドフラワーの横に小ぶりな編みカゴを置く。ほんとは三千円だけど学割で二千七百円、と言って店員さんがきれいにガーベラを収めてくれた編みカゴだ。

「ありがとう」

「いえ。こないだは、手ぶらで来ちゃったので」

谷口さんは首をかすかに横に振る。そんなことはいい、という意味だろう。

このまま丸イスに座っちゃおうかと迷いつつ、れなのもとへ戻る。背中にキュッがくる。

「谷口さん」と紹介する。

れなは何も言わない。ぼくのすぐ後ろで、ただうなずく。

「お母さんは、知ってる？」

「いえ。知らないです。今日も言ってません」

緊張が解けない。話すのは二度めだが、慣れない。慣れることはないのかもしれない。

たぶん、生きてる人間は、死に慣れない。谷口さんだってそうだろう。自分のなかにある死になんて、絶対に慣れないだろう。

「どう思ってますか？」と、いきなりれなが言う。強い口調で。でも泣きそうな声で。

「ウチがこんなことになって、どう思ってますか？」

言葉を端折《はしょ》ってるので、質問がわかりづらい。

あわててれなに言う。

「おい、よせよ」

れなはよさない。続ける。

「ウチ、今、すごく変です。お父さん、かわいそう」

お父さん。元父じゃなく、友さんだろう。友さんと今ここで言っても伝わらないから、お父さんと言ったのだ。

「いいよ。やめろって」

予想できなかった。いくられなでも、まさか谷口さんにそんなことを言うとは。母にならわかる。身内だからこそ、キツいことも言えるのだ。言っても受け止めてもらえると思ってるから。無視したら無視したで、受け止めてはもらえると思ってるから。でも谷口さんは、まったくの他人だ。弱ってもいる。わざわざ訪ねてきて、これ。勝手に来ておいて、これ。こんなことを言わせるためにれなを連れてきたわけじゃない。

息を吸い、吐くと同時に谷口さんは言う。

「すまない、と思ってるよ。本当に、すまない」

「いえ、あの」とぼく。

「お母さんには、感謝してる。いくらしても、し足りない」

「もういいです。すいません」とつい早口になる。「帰ります。お邪魔しました。お大事にしてください」

今度はれなを後ろから押すようにして歩く。病室を出る。

れなも逆らわない。急ぎこそしないが、モタモタもせずに歩く。

エレベーターの前で立ち止まり、下りボタンを押す。ふっと短く息を吐く。横にいるれなを見る。表情が硬い。強《こわ》ばってる。目が少し潤《うる》んでるようにも見える。

今のあれはないと言おうかと思ったが、やめた。連れてきたのはぼくだ。れなは断ることもできた。でもついてきてくれた。花も決めてくれた。責められない。れなは中一、妹。ぼくは高一、兄。責められるならぼくだろう。

今回も、わきの下に汗をかいてた。二度め、いや、三度めでも、やはり衝撃は受ける。

恩人。母の言葉が浮かぶ。他人のぼくでもこうなのだ。母が谷口さんの姿を見て受けた衝撃は、余命半年と聞いて受けた衝撃は、いったいどれほどだったろう。

衝撃は、たぶん、今も受けつづけてる。谷口さんを見舞うたびに受ける。それでも、看とると言ったからには看とる。母は最後まで向き合うのだ。ぼくみたいに、気が向いたときだけ来るわけじゃない。毎日のように見つづける。恩人が徐々に、でも確実に弱っていくのを。

エレベーターに乗り、一階で降りる。面会バッジを受付に返し、病院を出る。

九月だがまだいくらかもわっとした空気に全身を包まれる。

二人、駅に向かって歩く。ぼくが前を、れなが後ろを。

病室を出てから、れなは何も言わない。ぼくのTシャツの代わりにということか、つかいはしないハンカチを、両手でギュッと握りしめてる。うつむき加減に歩く。

駅に着いたとこで、ぼくが言う。

「じゃあ、アイス食うか」

れなはやはり何も言わない。病室での谷口さんのように、首を力なく横に振る。反抗、ではない。

「じゃあ、クレープ？」

「いい。いらない。帰りたい」

電車に乗ってからも、ぼくらは何もしゃべらなかった。席が空いても座らず、ドアのわきに立って、窓の外を見つづけた。

家に着いたのは、午後四時すぎ。母は買物に出てた。

一人で居間のソファに座り、コップに注《つ》いだ冷たいお茶を飲んだ。テレビはつけなかった。音は要らない。ガヤガヤされたくない。

珍しくれなもやってきて、ぼくの隣に座る。それがいつもの位置なのだ。L字の棒の一つにぼくとれなが並び、もう一つに母と友さんが並ぶ。れなと友さんが角で接する形だ。

座りはしたものの、れなは黙ってる。

窓から西日が射す。南向きのマンションのはずなのに、少し射す。影として床に映ったレースのカーテンのまだら模様がユラユラ揺れる。まだらが汚れに見える。何というか、よくないものに見える。例えばがん細胞とか、そんなものに。

お茶を一口飲み、コップを木のテーブルにコトリと置く。

「あの人」とれなが言う。

「ん？」

「おじいちゃんみたくなってた」

「うん。五十二歳なのにな」

「顔色、すごく悪かった。人じゃないみたいだった」

れなも死に圧倒されたのだとわかった。誰だって、そうなるだろう。がんばってキツい言葉を吐いたとしても、圧倒はされる。人なら。同じ人間なら。

自分と同じように、れなも圧倒されてほしかったのだろうか。だからぼくはれなを病院に連れてったのだろうか。

そんなふうに考えてみる。

ちがう。そうじゃない。圧倒されるのは苦しい。妹に苦しい思いはさせたくない。ただ、知ってほしかったのだ。母が何をしてるのかを。毎日何を見てるのかを。

「電車代ありがと」

れなは立ち上がり、自分の部屋へと戻っていく。

また居間で一人になる。

みつばベイサイドコート。マンション。集合住宅とはいえ、家のなかはとても静かだ。たぶん、誰もいない谷口さんのアパートの部屋は、もっと静かだろう。その静けさが、ずっと続くのだ。谷口さんが亡くなり、次の人が入居するまで。

そして翌日の日曜日。夜。

八時すぎに帰宅した母に言われた。

洗面所にタオルを取りに行き、たまたま二人になったときに。
「花をありがとう」と。

谷口さんが母に黙ってたわけじゃなかった。黙ってたのは母だ。初めてぼくが病院を訪れたあと、谷口さんは母にそのことを告げたという。母は大いに驚いたが、ぼくには黙ってた。ぼく自身が母に黙ってそれをしたからだ。ぼくが隠したいなら暴かない。母はそこまで説明しなかったが、そういうことだろう。

それを聞いても、母にあのことは言わなかった。あのこと。ぼくが病室で母と谷口さんと居合わせ、二人の話を立ち聞きしてしまったこと。さすがに言えなかった。言ってどうなるものでもない。

母はぼくに、かかった電車代と花代をくれようとした。ほしいなぁ、と思いつつ、断った。れなの分だけでも払うわよ、と母は言った。ならもらってもいいかなぁ、と思いつつ、断った。

その代わり、母はＪＲのＳｕｉｃａをくれた。それはもらっておいた。うれしかった。過去の分じゃなく、未来の電車代をもらったのだ。だから何度も行きなさいってことじゃないからね、と母は冗談混じりに言った。行くならこれでどうぞってこと。遊びにつかっちゃダメよ。まあ、いいけど。

れなが谷口さんにあんなことを言ってしまったからもう病院には行けない、と思ってた。と同時に、あと一回は行かなきゃな、とも思ってた。一人で行って謝るくらいのことは、したほうがいいよな。

というわけで、行った。れなと行った次の土曜日にだ。

行ってくるよ、とその日は母に言った。花はもういいからね、と母は言った。行くなら一緒に、とは言わなかった。たすかった。やはり母も、それはちょっといやなのだと思う。

実際には四度めとなる三度めも、緊張した。でもその緊張は前の二回とは質がちがってた。三度めでも生まれるそれは、死に対するものだ。たぶん、何度訪ねてもなくならない。受け入れるしかない。

まずはれなのことを謝った。

「怒ってないよ」と谷口さんは言ってくれた。「謝るのは、僕のほうだ」

「れなも、悪気があってあんなことを言ったわけじゃないです。ちょっと、その、高ぶってたというか」

「わかるよ。早苗ちゃんの、娘さんだな、と思った。顔も、よく似てるね」

「はい」

「想哉くんも、立派なお兄ちゃんだ」

「いえ、全然です。三日で部をやめちゃったりしてます」

勢いでそう言ってしまってから、それは母に言ってなかったことに気づく。

「やめたの？　演劇」

「あ、いや。やめて、演劇部に入りました。そっちは続いてます。どうにか」

「よかった。早苗ちゃんの、息子さんだからね。才能は、あるよ。まちがいない」

まちがいだと思う。もうわかってる。ぼくに演技の才能はない。自分の才能に気づいてないだけ、なんてきれいな話にできればいいが、できない。

例えば手先が器用じゃない人は器用にはなれない。訓練すればある程度まではいけるかもしれないが、初めから器用な人の器用さには追いつけない。そういうのは自分でわかる。そのわかる感覚に近い。ぼくに演技の才能はない。たぶん、鍛えても伸びない。がっかりさせちゃ悪いから、谷口さんにそんなことは言わないけど。

ベッドのわきの丸イスに座る。谷口さんの許可は得ない。すんなり座れる。一気に谷口さんが近くなる。手をとれる距離になる。

「谷口さんは、早川れみの、マネージャーだったんですよね」

「うん。最初から、最後まで。デビューから、引退まで。そもそも、僕がスカウトした。そんな権限は、なかったのに」

「そうなんですか」

「そう。たまたま乗った電車で、この子だと、思った。それで、声をかけた。ドアのわきに立ってね、窓の外を、見てたよ。表情が、すごくよかった。憂《うれ》いがあって、でも、沈んではいなくて。本人は、ボケッとしてただけだと、言ってたけど」

その先どう訊いていいかわからない。だからこんなアバウトな質問になる。

「早川れみは、どうだったんですか？」

「いい女優、だったよ」

「タレント、ですよね？」

「初めはね。でも、女優になれる、人だった。なるべき人、だった。実際、なろうとしてた。まわり道を、したのかな」

母の水着姿を思い浮かべる。あれ、まわり道だったのか。

「栗山早苗」

「はい」

母が元父と結婚する前の本名だ。

「早苗ちゃんは、そのままでいいと、言ってた。むしろその名前で、いきたいと。でも、芸名をつけようと、事務所の社長が言った。早苗が少し古いと、感じたんだね。栗山も、そのころ、同じ名字の、タレントがいた」

そういうこともあるだろう。すでに売れてる人と同じ名字であとから出るのは大変にちがいない。

「初めは、カガワだった。香川県の、香川。早苗ちゃんが、反対した。早苗の早を入れて、早川にしたいと言った。自分で社長を、説得した。この子は伸びる、と思ったよ」

そう言って、谷口さんは笑った。例によって頰の筋肉を震わせただけだが、笑ったのだとわかる。

「想哉くんの、想哉は」

「はい」

「トム・ソーヤーから、きてるんだって?」

「え？　そうなんですか？」

「早苗ちゃんが、言ってた」

「知らなかったです」

トム・ソーヤー。わんぱく坊主のイメージだ。母はぼくに、そうなってほしかったのだろうか。

実際にぼくがどうなったかといえば、似合わない銀縁メガネをかけてヒッチコック映画を観まくるオタク高校生になった。トム・ソーヤーからは遠い。近いのはむしろ友さんだ。トモ・ソーヤー。だから母は元父と離婚して友さんと再婚した。のか？

「ミュージカルを、やったことがあるんだ。トム・ソーヤーの。早苗ちゃんは、ベッキー役だった。トムの、ガールフレンドだね」

「じゃあ、れなが安井ベッキーになる可能性も、あったんですか？」

「それは、どうだろう。お父さんがファンで、早川れみのれみから、れなとつけた、らしい」

このお父さんは、友さんじゃなく、元父だ。友さんならわかる。でも元父がそんな名づけ方をするとは。ちょっと意外。

「あの、谷口さんは、ぼくらのほんとの父のことを、知ってるんですか？」

「知らない。聞いたことが、あるだけ。会ったことは、ないよ」

谷口さんは目を閉じる。二秒待っても開かない。長いまばたきではない。完全に閉じたのだ。疲れたのかもしれない。こうして話をするだけでも、体は相当キツいのだろう。

帰ります、の代わりに、今日は言う。

「また来ても、いいですか？」

目を開けて、谷口さんは言う。

「もちろん」

元父から電話がかかってきた。家の固定電話にじゃなく、ぼくのスマホにだ。別に珍しいことでもない。むしろよくあること。内容もこんなだ。

「お父さんは電器屋に行くけど、想哉はどうする？　用があるなら、乗っけてくぞ」

「れなは？」

「部活に行ってるよ。練習試合だとかって。帰りは五時ぐらいになるみたいだ」

帰り。南団地への、帰り。土曜なので、れなは今日も元父のとこへ行ってるのだ。

「うーん」と考える。言う。「行く」

特に用はない。でもせっかくだから、ブルーレイソフトのコーナーでも見ようかと思う。ヒッチコックのイギリス時代の安いＤＶＤがあれば、買ってもいいかもしれない。自分のベスト５に入ってはいるのにソフトを持ってない『バルカン超特急』とか。でなきゃ、『救命艇』とか、『間諜《かんちょう》最後の日』とか。

電器屋というのは、みつばから二駅離れたとこにある大型の家電量販店だ。そこへ行くとき、元父はいつもこうして声をかけてくれる。れなは毎回行く。ぼくは、三回に一回ぐらい行く。前回は行かなかった。今日が行く一回だ。

「じゃあ、待っててな。三十分以内には行くから。着いたらまた電話する」

「うん。ちなみに、何買うの？」

「お父さんは、エアコン。今付いてるのは暖房が弱くてな。冬は全然ダメなんだよ。だから早いうちに替えとこうと思って」

離婚した母が友さんと再婚した今も、元父は自分のことをお父さんと言う。現父の友さんがそうは言わないのに元父がお父さんと言うのは妙な感じだ。妙は妙。でも不自然ではない。友さんも言ってたように、元父がぼくらの実父であることは変わらない。お父さんと言ってた元父がお父さんと言わなくなることのほうが不自然だろう。

三十分以内に行くと言ってた元父は、二十分で来た。

着いたと電話がきたので、五分で下りていくと言って、三分で下りていった。

車はこんなときにいつも元父が停めるとこに停まってた。マンションの裏手から敷地外に出てすぐ。ほかの車の邪魔にならない辺りだ。

ぼくが助手席に乗りこみ、父が車を発進させる。白いセダン。元父が父であったころから乗ってたものだ。四人でも余裕がある。二人だとかなり広い。元父は今、一人でこれに乗ってる。

「お母さんは？」と訊かれ、

「出かけてる」と答える。

どこへ出かけたのかまでは、元父も訊いてこない。ぼくも、自分からは言わない。

「お母さん、どうだ？」

「どうってことは、ないよ」

「同じ。特にどうってことは、ない」

よくわからない会話だ。わからないと言いつつ、わかってしまう。何のこと？　とは訊き返さずに、答えてしまう。

それについて元父と話すのは気が重い。友さんとさえ、大して話してないのだ。ぼく自身、どうとらえていいかわからないから。それを今話すくらいなら、もっと身近なことを話したい。谷口さんよりは、身近なこと。

「想哉、演劇部に入ったんだって？」

「うん。お母さんに聞いたの？」

「いや」

「じゃ、友さん？」

「いや。れな」

「あぁ。何だ」

れなはそんなことまで話してるのか。まあ、話すか。

車が右に曲がり、国道に入る。片側二車線ないし三車線の、広い道路だ。

「お父さんはさ」と自分から言う。

そう。ぼくも、元父のことをお父さんと言う。友さんのことは友さんなのに、元父のことはお父さん。もうこれはしかたない。変えられない。お父さんと呼んでた人を、それ以外では呼べない。友さん、みたいに、元父を直さんと呼ぶこともできない。

間を置いてしまったからか、元父に訊き返される。

「お父さんは、何だ？」

「何で結婚したの？　お母さんと」

言ってしまった。元父が父であったときも、そんな質問をしたことはなかったのに。でも言ってみて、案外簡単に訊けたことに驚いた。母と元父が離婚したからこそ、かもしれない。

「何だよ、いきなり」

「いや、何となく。どうしてかなぁ、と思って」

気は進まなかったろうが、元父は話してくれた。それも初めから。

「スキー場で、会ったんだよ。山形《やまがた》蔵王《ざおう》、だったな」

「スキーなんて、やってたの？」

「やってなかった。そのときがほぼ初めて。だからお母さんと会ったとも言える」

「どういうこと？」

「会社の同僚に、連れていかれたんだよ。車で行くからお前も来いって。金曜の夜に、仕事を終えてから出て、土曜は一日滑る。そんなスケジュールだったかな」

「寝ないの？」

「交替で運転して、運転手以外が寝る。要するに、運転手を増やしたかったから誘われたんだ。スキーなんてやったことないのに。教えるからって言われて。でもみんな、きちんとは教えてくれなくてさ。さっさと滑りに行っちゃったよ。だからお父さんは、一人でずっと直滑降。止まるときは転んで止まる。そのうち、スキーブーツのなかにどんどん雪が入ってきちゃって。あんまり冷たいから、斜面でスキー板を外して、ブーツとくつ下を脱いだんだ。すぐに真っ赤になったな、足が。で、ブーツを履《は》き直そうと思ったら、履けないんだよ」

「何で？」

「一度脱いだことで、なかの雪が凍っちゃったんだ。履こうとしても、きつくて入らない。くつ下も濡れてるから、履いたら履いたで冷たいし。結局、また脱いだよ。吹雪《ふぶき》の斜面で裸足《はだし》。ゲレンデで遭難するかと思ったな。さすがに身の危険を感じたんで、板とブーツを持って、歩いて下りた。で、中継点にリフト小屋があったから、係員のおじさんに事情を説明して、入れてもらった。なかはストーブが焚かれてて、あったかかったよ。そこに、お母さんがいたんだ。友だちと二人で来てた」

「お母さんも、遭難しかけたの？」

「いや。ただ休んでただけ。疲れたからって、おじさんに頼んで入れてもらったらしい」

「すぐに気づいた？　タレントだって」

「気づかなかった。ニット帽をかぶってたし、服もスキーウェアだから。まず、そんな人がそんなとこにいるとは思わないよな。ほんとに普通の人だと思ったよ。まあ、そのときはもうタレントをやめてて、実際に普通の人だったわけだけど。お父さんと同じで、その友だちに誘われて来てたんだ。父親を亡くして落ちこんでたお母さんを、その人がどうにか連れ出したみたいだな」

「話したの？」

「そう。一緒にストーブに当たりながら。さすがにあのときのお父さんを見たら、誰だって声をかけるだろうな。だいじょうぶですか？　って言いたくなるよ」

「言ったんだ？　お母さん」

「言った。お父さんの手首を見て」

「手首？」

「はめてた手袋の縁にもびっしり雪が詰まっててさ、凍傷になって、腕時計みたいな茶色い輪ができてたんだ。ストーブに近づけてあっためようとしたら、おじさんに言われたよ。ダメダメ、急にあっためたら腐っちゃうぞって。あわてて手を引っこめたよ。お母さんに、かわいそう、とも言われたな。そうやって、知り合った。初めて会って、話も合って、連絡先を交換した」

「で、気づいたんだ？　早川れみだって」

「まさにそのときに、だな。似てるとは思ってたけど、まだ気づいてはいなかったんだ。ほら、お母さんはメモ紙に本名を書いたから。早川れみにそっくりですね、とお父さんが言った。本人ですもん、と言われたよ。人生で一番驚いたろうな、あれが」

まさかそこまで話してくれるとは思わなかった。ぼくが質問できたのと同じ。離婚したからこそ、かもしれない。すべては過去の話になったのだ。

思いだし笑いをして、元父は言う。

「そのあと、お父さん、下りのリフトに乗ってな。あれは恥ずかしかった。人生で一番、かもな。ほんとは乗りたくなかったんだけど、リフト小屋のおじさんに、カッコつけてる場合かって言われて、渋々乗ることにしたんだ。二人乗りだったから、わたしも付き合いますよって、お母さんも言ってくれた。すごくたすかった」

そうだろう。一人と二人じゃ、恥ずかしさは全然ちがう。

「当たり前だけど、下りのリフトにはお父さんとお母さんしか乗ってなくてさ、上りの人たちみんなに見られたよ。なかには手を振ってくる人もいて。お母さんと二人、振り返したな。もうブーツは履いてたけど、板は手に持ってた。骨折したふりをしたんだ。ちょっと足に手を当てたりもして」

「演技したってこと？」

「そう。骨折した演技をしましょうってお母さんが言った。演技なんて簡単ですよって。そりゃ早川れみには簡単だろうけど、と思ったよ」

骨折。『裏窓』のジェームズ・スチュワートだ。そうでなくても、元父はジェームズ・スチュワートっぽい。どちらかといえば、慎重派。対して、友さんはケーリー・グラントだ。こちらは軽快。行動派。

車は国道から外れ、市街地に入る。商業施設が増え、ターミナル駅が見えてくる。

元父がぽつりと言う。

「お母さん、結婚を急いだんだな」

「え？」

「母親だけじゃなく、父親まで早くに亡くして、家族がほしくなったんだ。それは自分でも言ってたよ。実際、お父さんとすぐに結婚したからな。そのスキーから半年も経ってなかったよ。で、次の年に、想哉が生まれた」

「トムだ」

「ん？」

「トム・ソーヤーからつけたんでしょ？　名前」

「あぁ。そうだった。聞いた？」

「うん」

聞いたのは谷口さんからだが、そこまでは言わない。

「いい名前だと思ったよ。だから賛成した」

「れなは、お父さんがつけたの？」

「ああ。想哉はお母さんだったから、今度はお父さんがってことで」

「れな。早川れみからきてるんだよね？」

「そう。ひらがながいいと思ってたんだ。三文字は長いから、二文字。そのままれみでもよかったけど、まあ、それじゃあっていうんで、れな」

そのままれみにしないでよかった。そうしてたら、れなはいやがってたかもしれない。

「スキー場の話、お母さんにはするなよ」

「されたらいやだ？」

「いやじゃないけど。たぶん、お母さんがいやだろ。お父さんが想哉にその話をしたと知ったら」

どうだろう。よくわからない。こんなふうに、母や友さんや元父の件では、よくわからなくなることが多い。どうすれば自然で、どうすれば不自然か。それが一瞬では判断できないのだ。

まずは、駐車場に車を駐め、家電量販店に入る。

元父と一緒にエアコンを見た。

そして、いくつもの機種を比較検討して買うものをじっくり選んだ元父が支払いや配送の手続きをすませるあいだにブルーレイソフトのコーナーに行き、ヒッチコックのイギリス時代の作品を探した。映画のソフトは洋邦合わせて陳列棚二つ分だけなので、ないことはすぐにわかった。

父がやってきて、言う。

「ほしいものがあれば買ってやるぞ」

「ないよ」と返す。

「遠慮しなくていい。何かあるだろ」

「ほんとにないよ。一つもない」

「じゃあ、お茶でも飲んでくか?」

「いや、いいよ。駐車場、タダなのは二時間まででしょ?」

「気にするなよ。オーバーしてもいい」

「まあ、いいよ。休みだから、店はどこも混んでそうだし」

「れなら、並んででも行くけどな」と元父が笑う。

そうなんだろうな、と思う。そのほうが元父もうれしいんだろうな、とも。

駐車場に戻り、車を出す。

何だかんだで一時間半は家電量販店にいた。午後五時。すでに陽は傾いてる。

さっき走った国道。その反対車線を走る。広い中央分離帯があるから、行きとはちがう道みたいだ。窓から見える風景も微妙に変わる。行きは高台側で、帰りは埋立地側なので。

「札幌《さっぽろ》に、行ってたじゃん」と自分から言う。

「ん？」

「二年」

「あぁ。支社な」

都内港《みなと》区に本社があるコーヒー会社。その札幌支社だ。

「あれ、どうだったの？」

「どうって？」

「何ていうか、あれで、お母さんとうまくいかなくなっちゃったのかなぁって」

元父が横からチラッとぼくの顔を見る。

「何かあったのか？」

「え？」

「いや、珍しくいろいろ訊いてくるからさ」

そう思われてもしかたない。確かに、ここまで突っこんで訊いたことはなかった。行きに結婚のことを訊いたから、帰りは離婚のことを訊いた。車のなかでだから、訊けた。入ったカフェで向き合って、なら訊けなかっただろう。

「別に何もないけど」とうそをつく。

「それが悪かったわけじゃないんだ。それっていうのは、単身赴任な。その前からもう、しっくりはいかなくなってたんだよ」

「そうなの？　わかんなかったよ」

「なるべく気づかせないようにするもんだよ、親は。想哉もれなも、まだ小さかったしな」

　ぼくは小五から小六。れなは小二から小三だ。

「むしろ、いい結果になるのを期待したんだ。お父さんが単身赴任して、別々に暮らすことで」

「冷却期間を置く、みたいなこと？」

「まあ、そうだな。でも、うまくはいかなかった。何だろう。そうやって離れたことで、気持ちまで離れちゃったのかな。お互いを必要と感じられなくなったんだ。別々でもやっていけると、そう思っちゃったんだな」

　想像とはちょっとちがったが、わかるような気はする。

　そしてぼくは思いきる。思いきって、一度訊いてみたかったことを訊く。

「お父さんのあとが、友さん。それは、どう思った?」

「うーん。さすがに驚きはしたな。でもおじいちゃんとおばあちゃんと同じように考えたよ、想哉とれなにとってはいいことだなって」元父は逆に訊いてくる。「いいことだったろ?」

これ。こういうこと。こんなときに、わからなくなるのだ。どう答えれば自然で、どう答えれば不自然なのか。

わからないながら、ぼくは即答する。迷うのが一番よくないと思って。

「いいことだった、と思うよ」

「お父さんも、いいことだったと思う。こうやって想哉ともれなとも会うことができるしな」

れなは泊まりにまで行くもんね、と言いそうになるが、言わずにおく。

「友がお母さんの相手じゃなかったら、こうはいかなかった」

そうだろう。新しい父親が安井家とはまったく関係ない人だったら、その人は、電器屋に行くから一緒に行くか? と元父が子どもたちに気軽に声をかけてくるのを、よしとはしないだろう。娘が元父宅に泊まることに関しては、絶対によしとはしないだろう。

三十階建てのマンション、ムーンタワーみつばが見えてくる。その半分、十五階建てのベイサイドコートは、まだ見えない。

「お母さんのことも友のことも、頼むな」

元父が、そんなあらたまったことを言う。

谷口さんのことを意識して言ったように、聞こえないでもない。

また来てもいいですか？　と尋ねたぼくに、もちろん、と谷口さんは言ってくれた。だから、また行った。一人で。二週間後の土曜日に。

変に少し聞いてしまったことで、興味が出た。母のことにも、谷口さんのことにも。タレント早川れみとマネージャー谷口久邦さんの関係にも。話してくれるなら、もっと聞きたい。

「『夜、街の隙間』、という映画に、出たんだよ」

「知ってます。観たことはないけど、聞いたことはあります。須田登と並木優子が、出てるんですよね？」

「そう。初めはね、早苗ちゃんが出る予定では、なかったんだ。でもほかの女優が、キャンセルした。チャンスが、まわってきた」

「そういうことだったんですね」

「正直、期待されて、なかった。キャンセルした女優と、歳が近くて、スケジュールは、空いてた。それだけ」

「あぁ」

相づちは最低限にとどめた。話の腰を折る質問もしない。質問をしたら、谷口さんは考えなきゃいけない。それが負担になることは、見てるだけでわかった。考えるという作業は、意外とエネルギーをつかうものなのだ。

「僕は、チャンスだと思った。ミュージカルも、やれる。表現者としての、力があることは、わかってた。早苗ちゃんは、活かしたよ、そのチャンスを。すごく、いい演技だった」

お世辞ではないように聞こえた。息子に話してるのだから、ちょっとはそれも混ざってるのかもしれない。でもぼくが谷口さんなら、残された短い時間を、お世辞を言うためにつかいはしないだろう。

「実際ね、次のオファーも、来てたんだ。映画の。低予算だけど、主演だよ」

「主演！」

「でもそのあとすぐに、早苗ちゃんは、やめた。引退した」

そのあたりの事情を、ぼくは知らない。母の父、つまりぼくの祖父が亡くなったことがきっかけだと、元父に聞かされたことがあるだけだ。元父自身、よくは知らないらしい。

「栗山始《はじめ》さん。早苗ちゃんの、お父さん」

「はい」

「早苗のことを、よろしくお願いしますと、ずっと歳下の僕にまで、頭を下げてくれるような、人だった。奥さんを、早くに亡くして、一人で早苗ちゃんを、育てた」

「そうなんですね」としか言えない。ぼくはそんなことも知らない。

「そのお父さんが、倒れた。早苗ちゃんと、二人で住んでた家の、台所でね。その日、早苗ちゃんの帰りは、遅かった。ほとんど、朝だ。お父さんは、亡くなってた」

「あぁ」

「もう少し早く、帰ってれば。早苗ちゃんは、そう思った。もう少し早く、帰してれば。僕も、そう思った。お医者さんが言うには、倒れてすぐに、亡くなったらしい。でも、早苗ちゃんの気は、休まらなかった。じゃあ、しかたない、とは思えなかった」

まあ、そうだろう。倒れる前に帰ってれば、と思ってしまうはずだ。

「葬儀のあとも、早苗ちゃんは、泣いた。一晩じゅう、台所の、床に座って。お母さんも、お父さんも、いなくなった。お父さんが亡くなったことには、責任まで、感じてた。もうやめますと、早苗ちゃんは、言ったよ。もちろん、僕は、引き止めた。もったいないと言って、説得した。お父さんは、それを望んでない。そんなズルい言葉も、つかった。もったいなくないと、早苗ちゃんは言った」

もったいなくない。バスケがうまいのにあっけなくやめてしまった美衣みたいだ。美衣ならまだわかる。演劇をやりたくなったわけだから。でも母は。

「早苗ちゃんを、引き止められなかった。せっかくの才能を、むざむざ捨てさせた。だから僕も、マネージャーを、やめた」

「そうなんですか？」

「そう。事務所自体を、やめた。もういいと、思ったんだね。早苗ちゃんみたいな人に、そうそう出会えるわけじゃ、ないから。ほかの人に、つこうという気には、ならなかった。華やかに見えるけど、決してきれいな世界でも、ないしね」

「それで、どうしたんですか？」

質問はしないはずが、してる。じゃんじゃんしてる。

「それからはずっと、ハイヤーの、運転手」

「ハイヤー」

「高級なタクシー、かな」

何となくわかる。エラい人が乗りそうな車、という感じがする。色は黒、という感じもする。

「少しは経験を、活かせる仕事を、しようと思ったんだ。丁寧《ていねい》な口は、きかなきゃいけない。でも人の管理までは、しなくていい。体がこうなるまでは、続けたよ」

体がこうなるまでは。その言葉が重い。

「早苗ちゃんが、早川れみでなくなってから、会ったことは、なかった」

「母も、そう言ってました」

「示し合わせたわけでは、ないよ。本当に、会ってない。電話番号も、どこに住んでるかも、知らなかった。だから、驚いた。早苗ちゃんがここに、この部屋に、来てくれたとき」

そうだろう。そんなことは、予想できない。

「ぼくの世話をしてくれると、言ったときは、もっと驚いた」

そうだろう。そんなことも、予想できない。

「迷惑をかけて、すまない」

「いえ。ぼくは迷惑なんて、かけられてないです。母は全部、自分のこととしてやってます。れなのこないだのあれは、れなが子どもなだけで。というか、ぼくも子どもですけど」

「想哉くんは、しっかりしてる。いいマネージャーに、なれるよ」

そう言って、谷口さんが頰の筋肉を震わせる。笑う。

ぼくも笑う。毒がある冗談だな、と思う。これ以上、毒はいらないのに。

「僕ね、松江《まつえ》の出身なんだ。わかる？　松江」

「えーと、島根県、ですか？」

「そう」

それ以上のことはわからない。中国地方。鳥取と字面《じづら》が似てる。地理的に並んでもいる。どっちが東でどっちが西かは、言い当てる自信がない。

「早苗ちゃんの世話に、なってるくらいだから、そこにも親類は、いない。でも、もう一度、帰りたかったなぁ。無理だけどね。これでは」

何も言えない。そうですね、とは言えないし、無理じゃないですよ、とも言えない。

「一度ね、早苗ちゃんと、テレビのロケで、地元の宍道湖《しんじ》に、行ったことがあるんだ。サスペンスの、二時間ドラマだね。早苗ちゃんは、探偵の、助手だった。高校生なのに、探偵の助手になる、女子の役」

サスペンスの二時間ドラマ。湯けむり殺人、みたいなものだろう。

「あのときが、最後かな。二十年、帰ってない。帰る家も、ないけど」

それでも帰るという言い方になるんだな、と思う。例えば二十年後。ぼくも、みつばに帰る、と言うだろうか。埋立の住宅地であるみつばに。そこに建てられた賃貸マンションであるベイサイドコートに。わからない。言わなそうな気がするが、離れて二十年も経てば、言うのかもしれない。

ハイヤー。松江。宍道湖。

それまで身近には感じなかった言葉が出たことで、谷口さんがちょっとだけ近くなる。

春季地区発表会なるものがある。地区ごとにグループ分けされた高校が集まって、六月ぐらいに市民会館で一校につき一時間の演劇を披露《ひろう》する、というものだ。

来年出る十校はもう決まってて、みっ高がそこに加わることはできなかった。遅すぎた、ということらしい。活動実績がないから、万が一ドタキャンされても困る、ということでもあるらしい。ＪＪがぼくらにそう説明した。

でもその代わり、来年は校内で新入生歓迎公演をやることになった。六月どころか、四月。これも美衣が提案した。なで肩のＪＪがいかり肩になって、校長先生にねじ込んだ。愛蔵先輩がそうすすめたのだ。先生、なで肩だと甘く見られるんで、ここはいかり肩でいってくださいよ、と。ＪＪはそれを実践し、三十分の時間を勝ちとった。

ということで、さっそく台本探しにかかった。裏方にまわることになるであろう千佳先輩とぼくとでだ。

何ならわたしは出なくていい、と千佳先輩は言った。わたしが照明とか音響に専念できれば、安井くんが出られるでしょ？　そうすれば、選択肢が増えるじゃない。男三人女一人の台本でもいいわけだし。

千佳先輩が出ないとはっきりは決めず、幅を広げることにした。男三人女二人。男二人女二人。男三人女一人。

ただ、新入生歓迎公演なので、場所は体育館。ＪＪのほかにも裏方は一人必要だろう。だから結局は、男二人女二人か男三人女一人になりそうだ。前者の場合は、ぼくが裏方をやる。そのほうがいい。千佳先輩は演技ができるのだから、舞台に出ないのはもったいない。

視聴覚室でのパソコン使用の許可をとって、千佳先輩と二人、ネットで台本を探した。ほかの三人、愛蔵先輩と美衣と宮内くんは、体力づくりのランニングに出てる。バスケ部上がりの美衣の先導で、何と、海まで走ってる。

バテバテになった男子二人の姿が容易に想像できる。愛蔵先輩と宮内くんは、人工海浜の砂地に倒れこんでるだろう。愛蔵先輩は、エチュードでゲロ演技をしたときみたいに、ゴロゴロ転がってるかもしれない。そのあと、ふざけて宮内くんに関節技をかけるのだ。宮内くんも、喜んでかけられる。

台本は、なかなか見つからない。いいのがあったと思うと、一時間ものだったりする。時間、人、舞台装置。条件が合うものがついに見つかった、と思ったら、それがまたおそろしくつまらない話だったりする。

「ないねぇ」と千佳先輩が言い、

「ですねぇ」とぼくが言う。

二人、イスに座ったまため息をつき、顔を見合わせる。

千佳先輩がぼくを見つめる。一瞬ではない。長い。

「それにしても、似てるよね」

「はい？」

「わたしたちのメガネ」

「あぁ。似てますね」

千佳先輩がメガネを外す。

ぼくも外す。

くらべてみる。レンズの形。リムの細さ。ごく普通の銀縁メガネではあるが、本当によく似てる。

「安井くん、いつからかけてる？」

「えーと、中二ですね」

サッカーボールが右目を直撃、視力が下がってからだ。

「わたしは中三から。受験なのに、黒板の字とかが見えづらくなっちゃって」

「何月ごろでした？」

「確か二学期。十月かな」

「じゃあ、時期も同じですね。ぼくもそのころです。お客さまのお顔ですとこのタイプがよろしいかと。そう言われました。店員さんに」

「それ、わたしも言われた」

「すすめるときの決まり文句なんですかね」

「でもわたしと安井くん、顔の形とか、全然ちがうよね。安井くんはほっそりしてるけど、わたしは丸顔だし。どこで買った？　メガネ」

ぼくは店の名前を言った。こないだ元父と行った家電量販店。その隣のビルにある大きなメガネ屋だ。専門店。

「ほんとに？　わたしもそこ」

「もしかして、女の店員さんでした？　三十代ぐらいの、赤縁メガネをかけた」

「赤縁！　その人。ちょっとキツそうで、でもつくり笑顔の」

「じゃあ、同じ人ですね」

「セリフも同じだもんね」

まちがいない。同じ人だ。ちょっとキツそう。つくり笑顔。まさにそれ。

「似たメガネじゃなく、同じメガネなんですよ」

「たぶんそうだね」

「何なんでしょう。在庫処分を、したかったんですかね」

「それだ。だから顔のつくりが全然ちがう二人に同じものをすすめたんじゃない？　とにかく売っちゃいたくて」

「ぼくら、被害者ですね。あの人以外にこのメガネが似合うなんて言われたこと、一度もないですよ」

「わたしも。せめてどっちかには似合いなさいよって話だよね」

せっかくなので、ついでに訊いてみる。

「千佳先輩は、コンタクトにしないんですか？」

「うん。わたし、目をいじるのがこわくて」

「それ、ぼくも同じですよ。自分の目玉とか、とても触れないです」

「人がコンタクトつけるのを見てるだけで、涙出ない？」

「出ます。何でお前が泣いてんの？　ってよく言われますよ」

「わたしも言われる。カレシと別れちゃって、とかうそつくと、あんたカレシいないじゃんて、みんなにツッコまれる」

「千佳先輩、カレシいないんですか？」

「いないよぉ。いるわけないじゃん」

「いるわけないことは、ないと思いますけど」

「安井くんは？　カノジョいるの？」

「いないです。いたこともないです」

「へぇ。そうなんだ。ちょっと意外。顔、いいのに」

出た。顔がいい。美衣に続き、二人め。

「よくないですよ」

「えー。だって、お母さん、タレントさんじゃない」

「元ですよ、元」

「元でもさ。美衣に画像を見せてもらったし、自分で検索もしちゃったけど。すごくきれいじゃない、お母さん」

「昔ですよ、昔」

「安井くん、ちょっと似てるし」

「ちょっとですよ。うまく的《まと》を外した感じに、ちょっと」

「的を外すって何よ」と千佳先輩が笑う。「でも、何かわかる。いるよね、そういう人。カッコいいタレントに似てはいるんだけど、あんまりカッコよくない」

「ぼくがそれですよ」

「安井くんは、カッコいい側でしょ。どちらかというと」

「ほら。どちらかといっちゃってるじゃないですか」

「わかった。メガネが悪いんだよ。あの店員さんのせいだ。安井くんこそ、コンタクトにしなよ」

「無理ですよ。こわいから」

「カッコよくなるほうを、とってもいいんじゃない？」

「うーん」

「あ、悩むんだ？」

「いや、ふりです。悩んだふり。演技の練習です」

千佳先輩が銀縁メガネをかけて、言う。

「お母さんが、元とはいえタレントさん。それって、どんな気分？」

ぼくも銀縁メガネをかけて、言う。

「普通ですよ。今もタレントなら、ちょっとはちがうのかもしれないけど。いや、でもどうだろう。誰だって、自分の家のことしか知らないんだから、結局、それが普通になっちゃうんですかね。あぁ、タレントが家にいる、なんて思わないですよ」

「毎日いるんだもんね」

「はい」

「でもやっぱり、わたしにしてみれば不思議だな。ウチなんて、それこそ普通だもん。お父さんがいて、お母さんがいて、わたしがいて、弟がいて。お父さんとお母さんは三歳差で、わたしと弟も三歳差で。お父さんは会社員で、お母さんはパート勤め。普通のなかの普通」

「ウチも、父親と母親は三歳差ですよ。ぼくと妹も三歳差だし。父親は会社員で、母親はパート勤めをしてました。今はしてないけど」

「パート勤め、してたの？　元タレントさんなのに」

「そりゃしますよ。現役ならともかく、元だし」

今はパート勤めをしてないその理由を知ったら千佳先輩は驚くだろうな、と思う。恩人ではあるが親類ではない男性を看とろうとしてるからだと知ったら。

一度、安井家の設定でエチュードをやってみるべきかもしれない。そしたらどうなるだろう。どう広がっていくだろう。最後にはどうにもならなくなって、愛蔵先輩もぼくも、苦しまぎれにゲロを吐いてしまうだろうか。

「あ、こんなことしてられない。探さなきゃね、台本」

千佳先輩がそう言って、再び検索にかかろうとしたとこへ、三人が帰ってきた。エンジのジャージ姿の愛蔵先輩と、紺《こん》のジャージ姿の美衣と宮内くんだ。二年生はエンジで一年生は紺。ちなみに三年生は緑。

「おぅ。演劇部文化系部隊の諸君。いいの見っかった？」と愛蔵先輩。

「苦戦中」と千佳先輩が答える。「そう簡単には見つからないよ。わたしたち側の制約が多すぎる」

「そう言わないで、見っけろよ。ウチら体育会系部隊はゼーゼー言ってんだから。美衣隊長、スタミナがマジでスゲえの」

「愛蔵隊員がヘタレなんですよ」と美衣。

「だって、おれ、普段はまったく走らねえもん。朝、駅まで走るくらいなら遅刻するほうを選ぶし」

「ヘタレすぎ」

「器がデカいと言えよ。内申点が下がるのをおそれないこの度量。といっても、そろそろヤバいんだよな。遅刻、週イチペースだから。三年になるときまでに戻さなきゃ」

「器、小さいですよ」と、これは美衣じゃなく、宮内くん。

「お、言うねぇ。聡樹」

確かに、宮内くんはちょっと言うようになった。特に、言いやすい愛蔵先輩には。

「まあ、そんなことよりも何よりも」と愛蔵先輩は続ける。「おれの場合、気をつけるのはパーマのほうだけどな」

「何？」と千佳先輩。

「いや、パーマ。かけてんのを、学校にバレないようにしねえと」

「かけて、るの？」

「かけてるよ。おれさ、実は天パーじゃねえのよ。パーマかけてんの、実際」

「えぇっ」

「マジですか？」とぼくが尋ねる。

「マジもマジ。ちゃんと見てりゃわかんのよ。美容院に行った次の日は、かかりが強くなってっから。まあ、短い間隔でかけて、うまくつなぐようにはしてるけど」

「ウチの子はパーマなんかかけてませんて説明するためにお母さんが学校に来たっていうのは」

「ほんと。けど、おれにパーマをすすめたの、母ちゃんだからね」

「そうなんですか？」

「そう。母ちゃんの妹、おれの叔母《おば》さんが、近くで美容院をやってるから、いつもそこに行ってる。息子を子役にしようって考える親だからさ、かなりぶっ飛んだとこがあんのよ。パーマぐらいかけてもいいじゃないって、そう考えちゃうわけ。一番おしゃれをしたい時期におしゃれを禁止されるのは変だって。ただ、そんな理屈は学校に通じないじゃん。だから早めに手を打ったんだ、母ちゃんが言えば疑われないだろうってことで」

「すごいね、それ」と千佳先輩が感心する。

「スゲえんだよ、おれの母ちゃんは。あんたはカッコよくないんだからせめてパーマぐらいかけなさいよ、なんて平気で言うからね。それが非行の始まりになるなんて寝言は聞き流しなさい、とか。そんなだから、親父《おやじ》も母ちゃんと別れちゃうんだけど」

「え？」と千佳先輩が言い、

「別れちゃったんですか？」と美衣が続く。

「別れちゃった。ウチ、母子家庭。知らなかったっけ」

「知りませんでした。それって、結構なカミングアウトですけど。だいじょうぶですか？」

「だいじょうぶだよ。今どき珍しくも何ともないじゃん」

「そっちじゃなくて、パーマのほう」

「あぁ」愛蔵先輩は考える。「まあ、そうか。隠してんのも案外疲れるからさ、ついポロッと言っちゃったよ。信頼する部員たちに部長がカミングアウト。『船出』以上のクサい芝居になりそうだな。でもみんなは言うなよ、これ。こんなんで部活停止とかになったら、マジでアホらしいから」

千住先輩と美衣と宮内くんとぼく。四人がこくりとうなずく。

言わない。言えない。そんなことで部活停止になったら、マジもマジでアホらしい。

二週間に一度のペースで、病院に行く。土曜はぼくの日、という感じになってる。金曜の夜に母が、明日は？と訊いてくるようにさえ、なってる。

一度の面会は三十分以内にとどめる。そこは気をつける。ぼくは母じゃないから、丸イスに座って何もせずにいる、なんてことはできない。話をしなきゃ、間はもたない。でも谷口さんの体のことを考えたら、長く話はできない。だから三十分。そのくらいの感じがまたちょうどいい。谷口さん自身も、そう言ってくれた。いい具合に、あれこれ思いだせるよ、と。

谷口さんとの距離が縮《ちぢ》まったとは言わない。でも、入室から退室までずっと緊張しっぱなし、ということはなくなった。緊張そのものがなくなりはしないが、うまく制御することを覚えた。

話を聞くうちに、母と早川れみが、だいぶ重なるようになった。母が谷口さんのことを恩人と言うのも、何となく理解できるようになった。

いくつも聞いた話のなかで、最も強く印象に残ったのはこれだ。二学期の中間テスト明け、十月の終わりに聞いた話。

門脇幹郎《かどわきみきろう》、という具体的な名前が、谷口さんの口から出た。まあ、ぼくが訊いたから出たんだけど。

門脇幹郎は、今もテレビの旅番組やグルメ番組なんかで見かけるタレントだ。歳は谷口さんより二つ下の五十歳だという。懸命な若づくりの成果か、それよりは若く見える。

「彼は、厄介《やっかい》だった。一度、バラエティ番組で、共演した。それから、しつこく、言い寄ってきた」

言い寄ってきた。早川れみに、ということだ。

「ケータイだの、メールだのが、一気に普及したころだ。一応は、仕事仲間。メールのアドレスぐらいは、教えたんだね。そうしたら、毎日、メールがきた。共演してなくても、楽屋に、訪ねてくるようになった」

「ストーカー、じゃないですか」

「今なら完全に、そうだね。あのころは、もう少し、ゆるかった。事務所同士の、関係も、あったしね。向こうは、強くて、こちらは、弱かった。だとしても、それはやり過ぎだ。僕が、間に入った。まずは、早苗ちゃんに、言ったよ。怒った。もっと早くに、言わなきゃダメだって。僕はマネージャー、なんだからって」

「それで、どうなったんですか？」とつい訊いてしまう。急かしてしまう。

「彼と、会った。テレビ局の、楽屋で。その日も同じ局に、いたんだね。彼が楽屋に来て、僕に、ちょっと外せと言った。話があるから、二人にしろと。でも僕は、外さなかった。彼は、小突《こづ》いてきた。殴《なぐ》ってきたと、言ってもいい。僕も、小突き返した。反射的に、しちゃったんだね。早苗ちゃんにまで、手を出しそうな、勢いだったから」

「で、門脇幹郎は」

「怒った。怒鳴《どな》ったよ。お前、ふざけんなよ。よその事務所のタレントに、手を上げるって、どういうことだよ。僕も、腹を決めた。言ったよ。それで自分のとこの、タレントを守れるなら、マネージャーなんて、いつでもやめますよ。そのくらいの覚悟では、やってますよ。あなたが、どのくらいの覚悟で、タレントをやってるのかは、知りませんけどね」

すごい。運動部の一年生が、キャプテンの三年生にタテつくようなものだろう。

「彼は、言った。お前らなんて、つぶすのは簡単だぞ。僕は、言い返した。でしょうね。でもそうされたら、抵抗はします。捨て身でいけるから、案外、強いですよ。あなたは、有名な分、まちがいなく、弱いですしね」

「すごい」と今度は声に出して言う。「ヒーローですよ」

谷口さんは笑う。楽しくて笑ったように見える。ぼくはうれしくなり、ちょっと悲しくなる。

「そう思うよ。人生で一番、ヒーローに、近づいた瞬間、かもしれない」

一番かどうかは知らないが、その瞬間、谷口さんがヒーローであったことは確かだろう。しつこく言い寄ってきた悪者から、体を張って、ヒロインを守ったのだ。この場合は、早川れみをというより、栗山早苗を。

ぼくはついこないだ十六歳になったばかり。高一だ。はっきり言ってしまうと、女子と付き合ったことはない。男女間のことはよくわからない。わからないだけに、想像してしまう。ついつい、いかにもな疑念を抱いてしまう。

例えば花粉症には遺伝的な要素もあるという。元父は花粉症。れなも花粉症。でもぼくは花粉症じゃない。親が花粉症なら子どもが必ず花粉症になるわけではないらしいが。こんなふうに考えてみることもできる。考えてしまう。

ぼくのほんとの父親は、まさか谷口さんだったりしないよね。

バカげてることはわかってる。訊いたところで何にもならないこともわかってる。なのに、訊いてしまう。正面からじゃなく、ななめから。

「谷口さんは、花粉症ですか？」

あまりにも唐突な質問なので、谷口さんはきょとんとする。

「あの、スギ花粉症とか、ありますか？」

「あぁ。ないよ」

ないのか。

「幸い、これまでずっと、そうならずにすんだ。どうやら、このまま、逃げきれそうだ」

逃げきれそう。冗談のつもりで、言ってくれたのだと思う。

笑えない。笑えるわけがない。でも谷口さんが冗談を言ってくれたのだから、笑う。無理にでも笑う。

ぼくは演劇部員だ。笑うべきところでは、笑えなきゃいけない。

母の帰りが遅いことが初めからわかってるときは、部活帰りにハンバーガー屋に寄る。ＪＲみつば駅前の大型スーパーにあるハンバーガー屋。夏にみっ高野球部の試合を観に行く前に寄った、あの店だ。

一緒に行くのは、たいてい宮内くん。電車通学なので、必ず駅に行くのだ。家では晩ご飯が待ってるはずだから悪いなとは思うが、誘えば応じてくれる。いいね、ちょうどお腹減ってたんだ、なんて言ってくれる。

たまには千佳先輩や愛蔵先輩が加わることもある。だったらわたしも、と美衣までもが加わることもある。

美衣が来たときは、二人でベイサイドコートに帰る。部活終わりにまっすぐ帰るときも一緒にはなるのだが、ハンバーガー屋に寄っての帰り道は、何かちがう感じになる。電車通学組と別れて戻る形になるから、ちょっとしたご近所さん意識が生まれるのだ。

そんなとき、ウチのお父さんとお母さんはケンカばっかりで、なんて話を美衣にされると、ドキッとする。本当に仲が悪いわけじゃない。むしろいいらしい。ケンカするほど仲がいい、の典型かもしれない。

そう考えると、安井家はヤバいのかと思う。母と友さんは、今もまったくケンカをしない。ちょっといやな言い方をすれば。母が友さん以外の男性の面倒を見てるのに、しない。ウチはケンカはないけどムチャクチャ複雑な事情があるよ、と美衣に言ってみたくなる。言わないけど。

たぶん、美衣はぼくの父親が替わったことを知らない。兄から弟。安井から安井。名字の変更も住所の変更もなかったから、気づきようがないのだ。

で、その日、美衣はいなかった。宮内くんと二人でハンバーガー、のパターンだ。

ヒッチコックの話をしたら、観てみたいと言うので、ブルーレイを貸すことにした。まずは安井くんが一番おすすめのものにしてよ、とも言うので、何にしようか迷った。

いくらおすすめとはいえ、初っ端《しょぱな》が『ハリーの災難』では外す可能性がある。『ハリー』は、二本、三本と観てもらったあたりで、さらりといきたい。特にすすめもせず、こんなのもありますよ、という具合に。となると、やはり『北北西に進路を取れ』か。『裏窓』もいいが、まずはそっちかもしれない。何なら、『知りすぎていた男』をトップに持ってくるという手もある。ドリス・デイの♪ケ・セラ～・セラ～♪を、二、三日、宮内くんの耳から離れなくしてしまうのもいい。

などと考えながら歩いてたら、後ろから声をかけられた。

「想哉」

振り向き、立ち止まる。

母だ。薄手のアウターにスリムなデニムにスニーカー。例によってカジュアルな服装の、母。

「あ、おかえり」と、外なのに言う。

「何で想哉も駅から？」

「ハンバーガーを食べてきた。友だちと」

「あぁ、そうなの。れなは？」

「今日は自分で。コンビニで何か買うって言ってた」

「制服で行かなきゃいいけど」

「着替えてから行くでしょ」

どこもそうだろうが、みつば南中も、寄道や買い食いは禁止なのだ。見つかると、部活停止になることもある。部活帰りに寄ったわけではなくても。

「スイーツとかを、晩ご飯にしちゃってないかな」と母が言う。

しちゃってそうだ。れなは甘いものに目がない。パンケーキがご飯でもいい、というタイプだ。ぼくもパンケーキはきらいじゃないが、それがご飯となるとツライ。

母と並んで歩く。それが久しぶりであることに気づく。こうして外を歩くのは、高校生になって初めてかもしれない。

ぼくの身長は、約百七十センチ。大事なのはその約というとこで、実際には百六十九・五センチ。母は、百六十二、三センチだ。でも姿勢がいいので、それ以上に感じられる。

ぼくより七センチ低いとは思えない。

「友だちって、演劇部の子？」

「うん」

「演劇は、どう？」

スキー場で母が元父に言ったというあれ、演技なんて簡単ですよ、を思いだしつつ、返事をする。

「難しいね」

「でも、演技をすることの恥ずかしさをとり払うだけで、だいぶちがうでしょ？」

「あぁ。それは、思った。ただ、その先が」そして初めてこんなことを訊く。「お母さんは、どうだったの？　昔」

「うーん。どうだったかなぁ。何も考えてなかったかな」

「何も考えないで役になりきる、みたいなこと？」

「そうじゃなくて。ほんとに何も考えなかった。セリフを覚えて、口からスラスラ出てくるようにしただけ。受験勉強ってこんな感じなのかな、と思ったわよ。わたし、大学は受けてないし、高校受験のときも、ロクに勉強なんてしなかったから」

「だけど、セリフを覚えるだけでいい演技ができるわけじゃないでしょ？」

「そのいい演技っていうのも、よくわからない。そんなふうに考えるところまでもいかなかった。ただ監督さんに言われたようにやっただけ」

ただやっただけ。それが凡人にはできないのだろう。

「その監督さんが、いないんだよね。ウチの部には」

「ん？」

「演出をやる人がいないの」

「先生は？」

「未経験者。来年からは、やってくれるかもしれないけど」

「今はどうしてるの？」

「みんなで意見を出し合ってやる。先輩を中心に」

「それもおもしろそう」

「基礎ができてる人にはいいかもしれないけど。どうなのかなぁ」

「でも、やめなかったじゃない」

「え？」

「三日で」

「いや、それは。えーと、何で知ってんの？」

「友くんに聞いた」

四月ごろ、友さんには言ったのだ。想くんは部活とかやんないの？　と訊かれたから、ついポロリと。やったけどやめちゃったよ、と。母に何か言われることはなかったので、友さんが言わなかったのだと思ってた。

「別に告げ口したわけじゃないわよ、友くん」

「あぁ。うん」

「想哉とれなが思ってる以上に、友くんは二人のことを思ってる。それだけ」

母がいきなりそんなことを言うので、ちょっととまどう。わかってるよ、と言いたくなるが、言わない。正確にわかってるのかどうかは、自信ないし。

すぐ先の信号が赤になる。小学校の通学路であるがゆえに設けられたような、歩行者用信号だ。車はそんなに通らない。

母は、止まると思いきや、止まらない。そのままスタスタ歩いていく。ぼくも続く。止まるそぶりさえ見せないとこが母らしい。そのあたりは、息子にパーマをすすめる愛蔵先輩の母親に近い。

考えてみれば、昔からそうだ。子どもの前でだけ信号を守る、というようなことを、母はしなかった。それをしたのは元父だ。

例えば、母とぼく、元父とれなが、それぞれ手をつないで道を歩いてる。信号が赤になる。車が来ないので、母はぼくの手を引いて進む。おいおい、と元父が言う。ん？　あぁ、と言って、母が戻る。車が来ないからいいのよ、とは言わない。そこは元父にしたがう。そんな具合。

元父と母。どちらが正しいのかはわからない。いや、正しいのは元父だ。では母がまちがってるのかといえば、そうでもない。大人の大半は、ムダに信号を待たない。元父も、ぼくやれなを連れてないときは、待たなかった。

「想哉」

「ん？」

「ありがとね」

「何が？」

「谷口さんのこと」

「あぁ。いいよ。ぼく自身、楽しいし。いや、ごめん。楽しいなんて言っちゃダメだ。楽しくはない。だから、えーと、やりたくてやってる」

「楽しくていいのよ。谷口さんも喜んでる。早苗ちゃんの子どもたちに会えるとは思わなかったって言ってた。わたしも、会わせようとは思ってなかったし」

やっぱりそうか。

「わたしが世話をしますって言ったときね、谷口さん、そんなことしなくていいって言ったの。むしろ怒った。そんなの君がすることじゃないだろって。昔を思いだしたわよ。タレントとマネージャーだったころを。でも今回は押しきった。こっちも怒り返したわよ。

そんな体で何ができますかって。あとのことは誰がやるんですか、病院の人ですか？　区役所の人ですか？」

言うだろう。母なら。

「葬儀をやってもまだ少し残るくらいのお金はあるのよ。そのお金を、谷口さんはわたしにくれるって言ってる。それはもらう。大した額じゃないし。もちろん、そんなのがなくても、きちんと最期まで看るつもりだけど」

「うん」

「と、まあ、そのくらいのことは、想哉も知っておいてほしい」

「れなは？」

「まだ早いかな」

ぼくもまだ早いような気もするが、そうは言わない。代わりに、ふと思いついたことを尋ねてみる。

「お墓とか、どうするの？」

「谷口さんは、サンコツしてほしいって言ってる」

「サンコツ？」

「骨を散らすで、散骨。遺骨を砕《くだ》いて粉状にして、海なんかにまくの」

「あぁ」

「後々まで迷惑をかけたくないからそうしてくれって。ほら、お墓をつくると高いお金がかかるし、誰かが管理しなきゃいけないから」

「もとからのお墓は、ないんだ?」

「自分が入れるようなとこは、ないみたい」

何とも言えない言葉だ。人にはいろいろ事情がある。ウチなんて、いいほうかもしれない。頼れる人がいないどころの話じゃなく、父が二人もいるんだから。

そして母は言う。話題をかえて、かなり思いきったことを。

「一度、わたしがいるときに来たことがあるでしょ」

「え?」

「病院」

「あぁ。えーと、うん。気づいてた?」

「病室から出ていくのがチラッと見えた」

「顔は見えないようにしたつもりなんだけど」

「見えなかった。でも後ろ姿だけでわかるわよ、自分の息子だもの」

「あの、何ていうか、まさかいるとは思わなかったから」

「わたしも」と母は笑う。「まさか想哉がいるとは思わなかった」

「そう、だよね。言ってくれればよかったのに」

「今言ってるじゃない」

「いや、もっと早くにさ」

言いながら、思う。今でよかった。もっと早くに言われてたら、相当あせってただろう。谷口さんを訪ねにくくもなってただろう。

ベイサイドコートの敷地に入り、B棟に向かう。

「あ、そうだ」と母が言い、肩にななめ掛けしてたバッグから何かを取りだす。

ノートだ。B5大。古い。くたびれてる。

「これ」と渡される。

「何？」

「日記。谷口さんの。ほら、わたしはアパートの片づけもしてるでしょ？　押入れから出てきたの、これが。ものがものだから、谷口さんに訊いたわけ。どうしますかって。処分していいって言われた。読んでくれてもいい、とも。どうしようか迷って。読んだ」

「何でぼくに？」

「もう谷口さんの知り合いだから。わたしがあれこれ話すよりも、いいでしょ。わたしが話したら、自分に都合のいいことばかりになるかもしれない」

「いいの？　読んでも」

「いいわよ。そう特別なことが書かれてるわけでもないし」

「谷口さんは、いいの？　ぼくが読んでも」

「早苗ちゃんにまかせるって。わたしは想哉にまかせる。別に読まなくてもいいわよ。読んで返してくれてもいいし、読まないで返してくれてもいい。どっちにしろ、最後は処分する。わたしがずっと持ってるべきでもないから」

「友さんは？」

「友くんが、何？」

「読ませたの？」

「まだ。想哉が先でいい。谷口さんと会ってるし」

「じゃあ、まあ」と言って、ノートを通学カバンにしまう。

母と二人、エントランスホールに入り、一階に下りてたエレベーターに乗る。12のボタンを押す。ドアが閉まり、上昇する。エレベーターに乗るとたいていそうなるように、黙る。

そういえば、母が看とり宣言をしてから、家族四人では乗ってないかもな、と思う。

帰宅してすぐに谷口さんの日記を読む気にはならなかった。渡されたのだから読もうとは思った。でもすぐには無理だ。こちらにも都合がある。気持ちの整理をつけなきゃいけない。母にとってそう特別なことは書かれてなくても、ぼくにとって特別なことは書かれてるかもしれないし。

ちょっと動揺したときにいつもすることを、ぼくはした。つまり、ヒッチコックの映画を観た。気軽に観られるもの。『泥棒成金』にした。

ケーリー・グラントが、『北北西に進路を取れ』以上に軽やかな演技を見せた。グレース・ケリーも、相変わらずきれいだった。南仏リヴィエラの風景も、目に優しかった。

映画をというよりはパソコンの画面をボケ～ッと見てたら、部屋にれなが入ってきた。そちらに目を向ける。あまりにボケ～ッとしすぎてて、ノックしろよ、と言うのを忘れた。

ドアを閉めて、れなが言う。

「またマンガ借りるね」

「ああ」

「また同じのを観てる」

「ああ」

ヒッチコックだけで二十二枚ものブルーレイを持ってるのだから、毎回同じのを観てるわけじゃない。

例えば『レベッカ』と『海外特派員』と『逃走迷路』を同じのと言われても困る。『疑惑の影』と『汚名』と『見知らぬ乗客』を同じと言われても困る。どれにも、替えのきかない個性があるのだ。まあ、『マーニー』と『引き裂かれたカーテン』と『トパーズ』ぐらいなら、同じと言われても我慢するけど。ただし、そのあとの『フレンジー』まで同じと言われたら我慢はしないけど。

れながマンガを選ぶ。モタモタする。ぼくの視線を意識してるのがわかる。手にしたマンガに目を落としつつ、視界の隅にぼくを収めようとしてる。

何か用なのか？　と訊こうとしたとこで、れなが言う。

「お母さんと、行ってきたの？　病院」

「ちがうよ。帰りに駅んとこで会っただけ。一緒には行かないよ」

「何で？」

「何でって。行かないだろ、一緒には」

れなは、ぼくが二週に一度は病院に行ってることを知ってる。今週は行くとか行かないとか、そのくらいのことは、れなの前でも母と話すから。変な兄妹だ。兄は隔週で母の元マネージャーを訪ね、妹は毎週元父を訪ねる。

二人で病院に行ったとき以来、れなと谷口さんの話はしてない。あの日、帰ってきたときに居間で、あの人、おじいちゃんみたくなってた、とれなが言ったのが最後だ。いや、そのあとに、電車代ありがと、とも言ったか。

「明日も行くの？　土曜」

「そのつもり」

「わたしも行く」

「え？」

「部活、ないから」

「あぁ。そうなんだ」

「あっても、休む」

わからない。結局、あるってことらしい。

「休めんの？」

「休む。カゼひく」

「悪いやつ」

「お金、出す」

「ん？」

「電車代。あと、お花代も、ちょっとは」

「それはいいよ。花は、持ってかなくていいって、お母さんも言ってるし」

「でも買おうよ、お花」

「まあ、買ってもいいけど」あらためて、れなに確認する。「じゃあ、行くのな?」

「行く」

「二時に出るよ」

「わかった」

れなは部屋を出ていこうとする。

その背中に言う。

「マンガは?」

「やっぱりいい」


翌土曜日。午後二時ちょうどに、ぼくらは家を出た。

母には、今日はれなも行くと言っておいた。そう、と母は言った。れな自身には何も言わなかった。れなも、母には何も言わなかった。ぼくも、母に話したことを、れなには言ってない。

前回同様、ぼくらはあまりしゃべらなかった。れなは緊張してたのだろう。ぼくだって、少しは緊張した。れなが病室でまたおかしなことを言いだすんじゃないかと思って。

「新人戦があるって言ってたじゃん」と自分から言ってみる。「もう終わった?」

「終わった」

「どうだった?」

「わたしたちは勝ったけど、あとの二組が負けて、負け」

「団体戦なの?」

「そう。三組出て、二勝したほうが勝ち」

「れなは、勝ったんだ」

「うん。ペア組んだ子がうまいから」

「でもすごいよ。試合に出られることが、もうすごい」

すごい。友さんだって、中学のサッカー部で試合に出られなかったと言ってた。ぼくに関しては。三日でテニス部をやめてる。中学のときは、部に入ってもいない。

「演劇部でも、劇に出られるとか出られないとか、あるの?」と訊かれる。

「ウチは、ないな。何せ、五人しかいないから。入ればみんな出られるよ」

「主役にもなれる?」

「主役は、うーん、どうだろう。やりたいやりたい言って、力を認めてもらえれば、なれるかも」

「やりたいやりたい言えば?」

「言えないよ。あとから入ったのに」

「関係ないじゃん、そんなの」

「ないけど」

たとえ四月に入ってたとしても、ぼくは言わないと思う。主役になりたいという気がないし、その力もない。ウチの部で主役を張れるのは、やはり愛蔵先輩か美衣だろう。実力だけでどちらか一人を選ぶなら、僅差で美衣かもしれない。

愛蔵先輩は、自身にその記憶がないとはいえ、経験者。うまいことはうまい。でも主役に必要なギラギラ感は、ないような気がする。役柄とはまた別のとこで感じさせる、どん欲さがないのだ。

美衣にはそれがある。たぶん、観る人にも伝わると思う。それが前面に出すぎたらダメだが、美衣ならうまくやるだろう。意識しなくてもやれそうだ。押すだけじゃない。引ける。宮内くんが言ってた、美衣なら強い演劇部でやれるというあれが、今はよくわかる。バスケをやめたことも、ちょっとは理解できる。

電車を降りると、前回も行った駅前の花屋に行って、花を買った。

今回は初めかられなに選ばせた。結局、またガーベラのプリザーブドフラワーになった。色はピンクだ。前回は三千円。三千円を二千七百円に割引してもらったが、今回は小さな花を二つ増やしてもらっての三千円。お金はぼくが出した。れなも出すというので、三百円だけもらった。れなの電車代プラス花代。痛かったが、家を出る前に母がＳｕｉｃａのチャージ用にと三千円をくれたので、まあ、どうにかなった。

病院まで歩き、エレベーターに乗り、病室に入る。

谷口さんは、れなの二度めの訪問をとても喜んでくれた。顔を見ただけでわかった。初めてなら、それが喜びの笑顔だとわからなかっただろう。でもわかった。今の谷口さんなりのごく自然な、それでいて精一杯の笑顔だと。まだ二度めのれなにもそのことが伝わればいい。そう思った。

「こんにちは」とれなはあいさつした。

緊張はしてた。でも声にいやな響きはなかった。攻撃的な感じもなかった。まだ二度めの谷口さんにもそのことが伝わればいい。そう思った。

「ありがとう。また、来てくれたんだね。うれしいよ。前より、もっとうれしい」

今回はれながプリザーブドフラワーの編みカゴを持って進み、ベッドのわきの台に置いた。そしてぼくのとこへ戻ってきた。ぼくの後ろではなく、横へ。

それを待ったうえで、ぼくは丸イスに座った。

れなも隣の丸イスに座った。ぼくよりは遠い。でもれなも谷口さんに近い。

れなの新人戦の話を、谷口さんにした。れな自身がじゃなく、ぼくが。

「試合に出て、勝ったんですよ」と谷口さんに言い、

「な？」とれなに言う。

「うん」とれながうなずく。

「でも団体戦としては、負けました」と谷口さんに言い、

「な?」とれなに言う。

「うん」とれながうなずく。

初めの、こんにちは、のあとは、れなはもう、うん、しか言わなかった。それはぼくへの返事だから、谷口さんに言ったのは、実質、こんにちは、だけ。

谷口さんも、れなに質問はしなかった。単に女子だからだと思う。中一の女子に何は訊いてよく、何は訊いちゃいけないのか、それがわからなかったのだ。無理もない。高一のぼくでさえそうだから。

谷口さんにも、いつもしてるような質問はしなかった。母に日記を渡されたことも、言わなかった。谷口さん自身が読んでいいと言ったのだとしても、読みましたよ、とか、読みますよ、とか、いちいち言われるのはいやだろう。

ぼくなら、どんな日記であれ、人には読まれたくない。

今日、『白い恐怖』を観た。イングリッド・バーグマンはきれいだが、ヒッチコックとの相性で言うと、やはりグレース・ケリーか。

なんてことを書いてるだけだとしても、読まれたくない。

ブログと日記はちがうのだ。手書きの日記を書くことをよく生徒にすすめる国語総合の

畑先生も言ってた。その二つはまったくちがうものです。

文芸部の顧問と部員の関係にある望月くんが質問した。どうちがいますか？

畑先生は答えた。気持ちです。人は人前で本当の気持ちを明かしません。読まれるとわかってるなら、そこに本心は書きません。読まれてもいいこと、読ませたいことを書きます。

次の休み時間に望月くんがぼくの前で畑先生を称賛したのは言うまでもない。同じく人前は人前だが、望月くんのそれは本当の気持ちだったように思う。

谷口さんと母の話もしない。れなの話もしない。するのは、ぼくの話をちょこちょこ。あとは、当たり障りのない話。もう十一月だね、とか、朝が寒くなってきましたね、とか、そんなの。

れなは、ぼくと谷口さんの会話にうんうんうなずいてた。実際にうんうんとは言わず、ただうなずいてた。そして気づいたら。泣いてた。

驚いた。

声を出したり、涙を流したりしたわけじゃない。洟《はな》をすすり、左手で左目を、右手で右目を拭う。それだけ。でも、泣いてた。ぼくにはそれがわかったし、谷口さんにも、たぶん、わかった。

前回のことをまた謝ったりしなくてよかった。一人で来たときに謝りはしたが、今日もぼくがれなの代わりに謝ったほうがいいかな、と思ってたのだ。その必要はなかった。れなは来た。泣いてる。それでいい。

「じゃあ、帰ります」と立ち上がる。

「れなちゃん、ありがとうね」と谷口さんが言う。

「はい」とれなが返事をする。震わせまいとしてるが、声は震えてる。

初めの、こんにちは、に続き、谷口さんと直接話すのは二度め。

本当に、よかった。

はい。肯定。

谷口さんの日記を読んだ。

そう特別なことは書かれてなかった。その意味では、安心した。

まず、日記といっても、毎日書かれてはいない。均《なら》せば、週イチ程度。一回の分量も多くない。ただ、続く日は何日か続いたし、分量も増えた。強い印象を受けたことがあったら書き留める。そんなふうにしてたみたいだ。

鉛筆かシャープペンシルによる、手書き。字はそこそこきれい。変なクセもないから、読みやすい。

始まりは、二十年前。

一九九四年十月七日

日記を書こうと思う。

やっぱりれみはいい。あの日電車で声をかけて本当によかった。事務所に入って八年。僕がしたなかで一番いい仕事があれだろう。

末永監督もほめてた。あの人はめったに人をほめないらしい。ほめてたとは言わないように、と言われた。最高にうれしい。それじゃ足りない。書き足しておく。最高。最高。最高。

末永監督というのは、『夜、街の隙間』の末永静男監督のことだろう。このとき、母は二十一歳。デビューして三年。

日記と言ってるくらいだから、谷口さんもこのときは毎日書くつもりでいたのだと思う。早川れみをほめられたことでの高ぶりが、そうさせたのかもしれない。

とはいえ、時間がなかったのか、ここでいきなり八日飛ぶ。

十月十五日

クランクアップ！　れみは泣くかと思ったが、泣かなかった。末永監督に、ありがとうございました、またお願いします、とだけ言った。どんな役でもやりますから、本当にまたよろしくお願いします、と言ったのは僕だ。了解、じゃ、がんばって、と監督は言った。了解、の言葉に期待。

そんな感じで、日記は続く。

早川れみが出てこない日もある。事務所への不満が書かれてる日もある。

マネージャーという仕事は、思った以上に大変らしい。いろいろなとこで板挟みになる。タレントと事務所とのあいだで。タレントとほかのタレントとのあいだで。事務所とほかの事務所とのあいだで。事務所とテレビ局とのあいだで。

谷口さんは、早川れみをタレントから女優に変えていきたかったみたいだ。事務所の社長にもそう言った。いい顔はされなかった。邦画は売れない。長く拘束されるだけで割が悪い。一ヵ月テレビに出なかったら、もう忘れられる。そんなことを言われた。

結局、『夜、街の隙間』もヒットしなかった。健闘はした、という程度だ。早川れみの演技は評価された。でもそれがトップニュースになることはなかった。

現実を見なきゃいけないことはわかってる、と、谷口さんはその後の日記に書いてる。でも積み重ねていかなきゃいけない。女優はやめさせない。芽はつませない。

早川れみが、というか母が、不眠に悩まされたこともあった。

深夜のロケなんかで体は疲れてるのに眠れなくて困る、と母は谷口さんに訴えた。睡眠薬に頼ろうともしたらしい。

やめたほうがいい、と谷口さんは言った。定期的な使用が依存につながることもある。実際につながってしまった人も知ってる。だからそれは最後の手段にしよう。そう説得した。

そして、二十四時間やってるスポーツジムに母を通わせた。疲れてるのに眠れないなら、もっと体を疲れさせよう、と考えたのだ。

以後、ジムという言葉は出てきても、睡眠薬という言葉は出てこないから、たぶん、作戦は成功した。よかった、とぼくも思った。日記を読んでる今思ってもしかたないけど、でもやっぱり思った。何歳の母にでも、飲まなくてすむのなら、睡眠薬は飲んでほしくない。

母があきないよう、谷口さんは、深夜であれ早朝であれ、ジムに同行し、一緒に汗を流した。マシンのベルトの上を歩き、温水プールで泳ぎもした。

れみのおかげで僕もよく眠れる。お腹も少しへこんだ。クロールの息継ぎもできるようになった。

二月十四日には。そんな記述もある。

母は谷口さんにチョコをあげてる。バレンタインデーのチョコだ。

車での移動中に、停めて、と母は言う。買物なら僕がするから、と谷口さんは言うが、母は素早く車を降りてコンビニに行ってしまう。そして二、三分で戻ってきて、はい、これ、バレンタイン、と谷口さんにチョコを渡すのだ。

きれいに包装されたものじゃない。ただのアーモンドチョコレート。母らしい。

ありがとう。あとで大切に食べるよ。谷口さんがそう言うと、母はこう言う。今食べようよ。

二人は車のなかでアーモンドチョコレートを食べる。それもまた母らしい。

一ヵ月後の三月十四日には。

谷口さんが母にホワイトチョコとキャンディとマシュマロをあげてる。ホワイトデーのお返しだ。

はい、これ、とそれらを渡された母はきょとんとする。説明されてやっと理解し、言うのだ。あぁ、今日その日だ。でもわたし、何かあげたっけ。

コンビニでチョコを買ってくれたよ。アーモンドチョコ。

あれ一つなのに、こんなにくれるの？

男は三倍返ししなきゃいけないらしいんだよね。だから三種類。これだけあれば、どれかは口に合うでしょ。

甘いものならどれも合うけど、これじゃ多すぎる。今食べようよ。

二人は事務所でホワイトチョコとキャンディとマシュマロを食べる。それもやはり母らしい。

母らしいし、谷口さんらしい。三倍返しで、三種類。律儀だ。ぼくなら、大きめなものを一種類、でごまかしてしまいそうな気がする。

すでに谷口さんから直接聞いてたあれこれも、日記には多く出てきた。例えば、ミュージカルに出たときの話。宍道湖に二時間ドラマのロケに行ったときの話。それから、あの門脇幹郎の話。

テレビ局の楽屋でのやりとりを、谷口さんがどうしてあそこまでくわしく覚えてたのかわかった。こうして日記に書き留めてたからだ。でなきゃ、具体的なセリフをあんなふうには再現できなかっただろう。

ああいうのは本当にいやになる、と谷口さんは書いてる。あいつとかあの野郎とか、そんな汚い言葉をつかったりはしない。努めて冷静に見る。現場でもそうだったのだと思う。谷口さんならそうする。実際に話してるから、わかる。

その後も、小さないやがらせは何度もあったらしい。でもできる限り谷口さんがブロックした。母に知らせなくてすむものは知らせなかった。そんなことがあったのかと、この日記で母が知ったものも多かったろう。

会うことができなかったぼくの母方のおじいちゃん、栗山始さんも、日記には登場した。亡くなるという形でだ。記述自体は短かった。あっさりしてもいた。あえてそうしたのだと思う。

一九九六年の一月二十八日に、母はこう言ってる。

お父さんもいなくなっちゃったよ。もういやだよ。

そして。

三月二十五日

早川れみが、早川れみではなくなった。

どうにもできなかった。

本当に、できなかったのか？

何日かおきに悔恨《かいこん》の言葉が続き。

六月三十日

やめた。

谷口さん自身が事務所をやめたということだろう。

再就職するのは、二ヵ月後の八月。例のハイヤーの会社。そこまでのあいだに、普通二種免許をとってたのだ。

そのあたりの記述は、もうとても少ない。週イチペースが、二週間に一回になり、一ヵ月に一回になる。

で、一九九七年の七月にこれがくる。

そう特別なことは書かれてなかった。と先に言ったが。

ちょっとは特別なことだ。

七月十五日

栗山早苗から電話がきた。報告の電話だ。

結婚するのだそうだ。

ハンマーで頭を殴られたような気がした、という表現がある。大げさだと思ってたが、的を射ているとわかった。見えないハンマーも、あるのだ。

わかっていた。こうなってもおかしくない。いつかはこうなるはずだ。

だが報告されるとは思わなかった。できるなら、しないでほしかった。

あとで人づてに聞けば、ああ、そうか、と受け入れられただろう。

だとしても、自分があんなことを口走るとは。
僕じゃダメだったのか？
最低だ。それじゃ足りない。書き足しておく。最低。最低。最低。
もう日記を書くのはやめようと思う。

実際、日記はそこで終わってる。紙二枚、四ページ分ほどの空白を残して。
母と谷口さんの関係は。
ぼくがおそれてたみたいには深くない。
でも。
それとはまたちがう感じに深い。
そうでなければ。
看とるという発想はなかっただろう。
日記。
読んでよかった。

友さんが帰ってこなかった。帰ってこなかったことを、翌日になって知った。

前日のうちに、遅いな、とは思った。連絡もなかったので、午前〇時を過ぎたあたりで、母がメールを出した。返信もなかったので、電話もした。電源が切られてるか電波の届かないところにいるとの音声メッセージが流れたという。

連絡がついたのは、翌朝八時前だった。友さんから母にメールがきたのだ。今日はこのまま出社すると。

平日も平日。ぼくもれなも家を出る直前だった。まったく、人騒がせね、と母は言った。それを聞いて、ちょっと安心した。でも電話じゃなくメールというのは気になった。

その夜も、友さんの帰りは遅かった。ただ、今度はきちんと連絡がきた。急に一件入ったから遅くなると。やはりメールで。

この日は母が家にいた。谷口さんのとこに行きはしたが、早めに出て、早めに帰ってきたのだ。そして晩ご飯をつくった。つくれるときはお魚を、ということで、おかずはさんまの塩焼き。友さんからの連絡を受け、先に三人で食べた。

れなと母は相変わらずほとんど口をきかないが、ぼくと母はしゃべった。おそるおそる、ぼくは母に訊いた。訊かないのも変だと思ったから。

「結局、何だったの？」

「何が？」

「友さん」

「あぁ。お酒。飲みすぎたんだって」

「そんなに飲まないじゃん」

「でも飲んだの」

飲まないことはない。たまには飲んで帰ってくることもある。家では、休みの前夜に缶ビールを二本飲むくらい。酔っぱらったりはしない。変に明るくなったり、変に沈んだりもしない。基本的に明るいわけだから、その明るさが普通に続くだけだ。

「で、人の家に泊まったみたい。帰れる状態じゃなかったんだって」

帰れる状態じゃないって、どんなだろう。それこそコントのベタな酔っぱらいみたいな感じだろうか。でなきゃ、意識もないような感じだろうか。

「泊まったって、どこに?」と、珍しくれなが口を挟む。

母は少し驚いて、言う。かなり大胆なことを。

「高校時代の友だちの家。隠してもしかたがないからはっきり言うと、女友だちの家」

れな、絶句。

ぼくも絶句。

そこは隠してもいいような気がする。むしろ隠すべきだろう。でも言っちゃうのが母だ。まずボールを投げる。きちんとキャッチできない相手にも投げる。そうやって、鍛える。キャッチできるようにする。もちろん、れなもぼくも、キャッチできない。

れながが訊き返す。

「もしかして、元カノってこと？」

「そうみたい」と母は冷静に答える。

「もしかして、佐知さんとか？」とぼくもつい訊いてしまう。

「何、想哉、知ってるの？」

「いや、あの、知ってるというか、聞いたことがあるというか」

佐知さん。確か稲葉佐知さんだ。オリビア・ニュートン・ジョンが好きな。

「聞いたことがあるっていうのは？」

「えーと、高校のときに付き合ってたとか、そういうことを聞いただけ」

「ふぅん。友くん、そんなことを想哉に話すんだ？」

「わざわざ話した感じでもなくて。何ていうか、こう、流れのなかでそんな話も出ただけ。最近のことは知らないよ」

「わかってるわよ」と母は笑う。「さすがにそこまで言わないでしょ、高校生の息子に。昔のカノジョと会うよ、なんて」

「友さん、会ったの？」と、これもれなが尋ねる。

「アドレスが変わりましたっていうメールが、あちらからきたみたいね。それで、まあ、何度かやりとりをして、お酒を飲んだ」と、母はやはり隠さずにそう答える。

佐知さんは友さんのメールのアドレスを知ってたのか。今どうしてんのかな、と友さんは言ってたから、連絡をとり合ったりはしてなかったろうけど。

「それは、ダメじゃん。いくら友さんでも、ダメじゃん」

三人、それぞれにご飯を食べる。母はさんまを食べ、れなはカボチャを食べ、ぼくはホウレンソウを食べる。

今友さんが帰ってきたらマズいな、と思う。帰ってきそうだなぁ。

「いいの？」とれな。

「よくはないわね」と母。「まず、昨日のうちに連絡をしなかったことがよくない。もちろん、女の人の家に泊まったのもよくない」

「絶対ダメじゃん、そんなの」

「そう。絶対ダメ。言い訳なんかできない。事実、友くんも、言い訳はしなかった。その人の家に泊まったことを、自分から言った」

「だから？」

「男の友だちと飲んで泊まったって言うこともできた。でも、そうはしなかった。そのうえで、おかしなことは何もなかったと言って、謝った」

「信じるの？」

「れなは、信じないの？」

「それは」

「友くんがうそを言ってると、思っちゃう？」

れなは黙る。

おかしなことは何もなかった。母はぼくらの前でそんなことも言ってしまう。まあ、今の中一女子が、おかしなこと、の意味を理解できないはずがない。だったら、それを言わないことに意味はない。母はそんなふうに考える。

「れながどう思うかは知らないけど、わたしは、何をされても友くんに文句は言えないんだっていうくらいのことは思ってる。といって、もし友くんがほんとにおかしなことをしたら、文句は言うけどね。二人のために」

二人。ぼくとれなだ。

「ただ、おかしなことをしたとは思わないから、文句は言わない。二人は、好きなようにしていいわよ。文句を言いたかったら言えばいいし」

れながぼくを見る。

ぼくは母を見る。

カチャリと音がして、玄関のドアが開く気配がする。

「ただいま」と言う声が聞こえてくる。

「そろそろ決めなきゃですよねぇ」と美衣が言い、

「そうだよね」と千佳先輩が言う。

ほんとですよね、とばかりに宮内くんがうなずく。

ぼくはといえば、手にした『演劇入門』をパラパラとめくる。

演劇部の部室だ。四畳半程度。倉庫のようではあるが、今なお、ものはほとんど置かれてない。ガランとしてる。演劇関係のものが何もないのはカッコ悪いから、もとはＪＪの持ちものだったこの『演劇入門』を置いてる。部員それぞれが、最低二回は読んでる。愛蔵先輩すら、読んでる。

ぼくが入部すると、その愛蔵先輩がどこからか旧型のイスを調達してきてくれた。だから今は、イスが五つにパイプイスが二つ。パイプイスはたたんで壁に立てかけられてる。

ＪＪが部室に来ることはまずないから、つかわれることもない。

演劇部は、決まった稽古場所を持たない。いわば流浪《るろう》の民《たみ》だ。

視聴覚室を借りられればそこでやるし、体育館のステージの隅《すみ》でもやる。後者は広くていいが、ほかの運動部が出す音や動きが気になるので、あまり集中できない。

だから最近は、顧問のＪＪが担任を務めるクラスの教室でやることが多い。一年Ｃ組。ぼくの教室だ。

掃除をするときみたいに机を全部後ろに下げて、舞台のスペースをつくる。稽古が終わったら、机を戻す。

たまに、位置がちょっとずれてたりする。放課後に演劇部が教室をつかうことを知ってる女子にいやな顔をされることもある。つかうのはいいけどちゃんと戻してよね、と直接言われたこともある。二学期の十一月に初めてしゃべったと思ったら、苦情。

流浪の民はラクじゃない。世界各地にいるそうした人たちは、そんなふうに排斥《はいせき》され、さまようのだろう。というのはぼくの意見じゃなく、文芸部の望月くんの意見。

とにかく、ぼくらはその狭い部室に集まり、あれこれ話してる。

こうして集まること自体は増えた。一年の半分がオフ、ということはなくなった。それは進歩だと思う。

とはいえ、来年の新入生歓迎公演でやる芝居の台本はいまだに決まらない。

あまりに決まらないので、一度、無理にでもやってみようと、ある作品の一部を実演してみた。

でもそれは十四年前に書かれたもので、セリフがしっくりこなかった。高校生の話なのに、感覚的にもしっくりこなかった。三度やったところで愛蔵先輩がストップをかけた。

やっぱ無理だな。何か、ノってこないわ。

我慢して回数をこなせばこなれてくるんじゃないかな、と千佳先輩は言ったが、同調者はいなかった。美衣も宮内くんも、うーん、という感じ。ぼくもまねして、うーん、と言った。ただ一人、口に出して。みんながそうなら無理だね、と千佳先輩もあっさり引いた。

それから一週間。もう十二月だ。明日からはテスト期間で、部活は停止になる。集まれるのは今日が最後。

「また『船出』とか、ダメかな」と千佳先輩が言い、

「ダメですよ」と美衣が言う。

「あれは視聴覚室でやっただけだから、みんなは観てないよね。言い換えると、ほとんど誰も観てない。観たのは、来てくれた六十人ぐらいだけ。三年生は卒業しちゃうから、二十人引いたとして、四十人。ありじゃない？」

「ありかもしれないけど、わたしがいやですよ。いやじゃないですか？　千佳先輩は」

「いやはいや」

「ほら。宮内くんは？」

「いやではないけど。よくもない、かな」

「安井くんは？」

「おれは別に。ただ左から右に歩いただけだし」

「あれだって立派な出演だよ」

「立派、かなぁ」

「『船出』をまたやることについては、どう？　やるなら、安井くんの役はまた別なのを考えなきゃいけないけど」

「そもそもさ」と言ってみる。「新入生歓迎公演向きの芝居では、ないんじゃないかな。卒業がどうとか進路がどうとかの話だし」

「あぁ。そういえばそうだ」と美衣。

「みんな、入学してきたばかりだもんね」と千佳先輩。

「やっぱり無理ですよ」

「うん」

と、そんなことを話してたら、やっと部長がやってきた。愛蔵先輩だ。

さすが週イチペースの遅刻魔。ホームルームが終わる時刻は各学年同じはずなのに、この人はいつも遅れる。おれはプロの油売りなんだよ、と前に自分でも言ってた。本当にそうなのだろう。実際、あちこちに友だちがいる。よその学年にもいる。職員室にもいる。先生の何人かを友だちと思ってるふしもある。

「遅いよ、部長」と美衣が言う。もはや敬語ですらない。

「悪い悪い。で、どう？　何やるか決まった？」

「部長がいないのに決められるわけないじゃない」と千佳先輩。

イスにどさりと座り、愛蔵先輩が言う。

「もう思いきって即興にしちゃうか。その場でやっちゃうのよ、行き当たりばったりで。エチュードの上。インプロヴィゼーションだな」

「そんなのプロの俳優だって難しいでしょ」という冷静な意見が千佳先輩から出る。

「さすがに三十分は持ちませんよ」という冷静な意見も美衣から出る。

「絶対に無理ですよ」という悲観的な意見も宮内くんから出る。

「絶対にまたゲロ吐いちゃいますよ」という楽観的な意見もぼくから出る。

「まあ、体育館での新入生歓迎公演でそれをやったら廃部だな」と愛蔵先輩もあっさり引く。

さすがに本気ではなかったらしい。

本気で言われても困る。

本当にそんなことになったら。三十分、ゲロを吐きつづけなきゃいけない。

世の中に、ぼくが知らないことはたくさんある。たいていのことは、知らなくても生きていける。蛇口《じゃぐち》の栓《せん》をひねるだけで水が出ることを知ってれば、仕組みまでは知らなくても水を飲むことはできる。生きてはいける。

ぼくは母と谷口さんのことを知った。知ったからどうということはない。すぐにすべてが変わったりはしない。でもそういうことが後のぼくの考え方や立ち方に影響を及ぼしたりは、するかもしれない。母と谷口さんみたいな関係もあるのだと知ることで、いつか何かの選択が変わったりは、するかもしれない。そうは思う。

で、そう思うと、こうも思う。

知る必要はないとも言えたことを知っただけで影響を受けてしまうのなら、知りたいことは知っておくべきだろう。知ろうとするべきだろう。蛇口から水が出る仕組みを知らないのは変じゃない。でも近い谷口さんのことを知らないのは変だ。知りたいなら、訊くべきだ。時間はどんどんなくなっていくのだし。

ということで、訊いた。あの日記を読んでるのに、直接訊いてしまった。まどろっこしい言い方をしてムダに負担をかけないよう気をつけて。シンプルな言葉で。

「谷口さんは、ぼくの父親じゃ、ないですよね？」

ノートの最後の紙二枚、四ページ分ほどの空白を埋めるべき何かがあったのでは？　と疑ってたわけじゃない。そんなことでは、まったくない。ただ、本人の口から聞いておきたかったのだ。

谷口さんはさすがに驚いた。初めてぼくがこの病室を訪ね、名乗ったとき以上に驚いた。そして、笑った。

その笑みはとてもよかった。谷口さんは、おもしろいと感じてた。楽しいと感じてた。それがこちらに伝わった。

ぼく自身、二割程度しか本気じゃなかったとはいえ、ほっとした。二割にしては、ほっとした。

「ないよ」と谷口さんは言った。「そんなこと、あるわけない。想哉くんは、おもしろいことを、考えるね」

「ぼくも、そう思います」と笑う。

この部屋でこんなふうに笑ったのは初めてかもしれない。我ながら本当にバカなことを考える。このことを、谷口さんが母に言わなければいい。言うなら言うでもいいけど。母も、やっぱり笑うだけだろうし。

「想哉くんとれなちゃんが、僕の子だったら、楽しかったろうな」

もしそうなら。ぼくとれなは、早くに父を亡くすことになってたのだ。栗山始さんを亡くした母以上に早く。

「もしそうなら」とぼくは言う。「きっと、残念に思うと思います」

「どうして？」

「れなはともかく、ぼくに母みたいな才能は、ないから」

卑屈な感じにじゃなく、そう言えた。事実として言えた。

「決めるのは、早いよ。早苗ちゃんには、役者の才能があった。その点では上、かもしれない。でも人が、みんな役者であるわけでは、ない。そうである必要も、ない」

まあ、そうかもしれない。自分の役は演じられる。そのくらいでいいのかもしれない。

「想哉くんは」

「はい」

「今、高一、だよね」

「はい」

「あせらなくて、いいと思うよ。結局ね、やりたいことを、人はやるから」

そう言って、谷口さんは目を閉じた。

二秒では開けない。五秒でも開けない。十秒でも二十秒でも開けない。

三十秒が過ぎたあたりで、ようやく開ける。でも口までは開かない。ただぼくの顔を見る。どうにか笑う。

あまり体調がよくないらしい。ぼくが面会するようになって初めて、自分からこんなことを言う。

「ごめんね。今日は、もう、無理みたいだ」

だからぼくは、二十分で病室をあとにした。

去り際、変なことを言ってすいませんでした、と言ったら、谷口さんはもう一度笑ってくれた。不意に涙が出そうになった。あぶなかった。

一時間をかけて家に戻ると。

居間でぼんやりテレビを見た。

台所では、母が晩ご飯の支度をしてた。

番組に、タレントの門脇幹郎が出てきた。グルメレポートみたいなことをしてた。わたしも五十ですけどね、こんなにうまいカニは初めて食べますよ、と言った。髪がやけに黒々としてた。しすぎと言ってよかった。

カニは確かにうまそうだ、と思い、次いでこう思う。

こいつが、じゃなくてこの人が、母に言い寄ったのか。そうすることで、谷口さんを母の恩人にしたのか。そしてそういうことを、この人は何も知らないのだな。

晩ご飯を食べ終え、自分の部屋に戻った。

あらためて、ヒッチコックの映画を観た。『北北西に進路を取れ』にした。

おもしろかった。もう十度近く観てるが、今回も引きこまれた。

ほぼ一年前、深夜に鍋焼きうどんを食べながら初めてこれを観たときのことを思いだした。原点だ、と思った。

演技よりも演出に目がいった。その演出も通り過ぎ、初めて台本を意識した。
演技も大事。演出も大事。でもそれと同じくらい、台本のおもしろさも大事だろう。

キレキレな冬休み

書いてる。日記を？　じゃなくて。台本を。

冬休みは丸二週間。それでどうにかしたい。どうにかしなきゃいけない。

新入生歓迎公演の台本は、まだ決まってない。変に時間があったせいか、余裕を持ちすぎた。部員は五人しかいないのだから、全員が気に入ったものをやろう。本当にやりたいものをやろう。そんな意識も強すぎた。顧問のＪＪに、これ、と決めてもらうべきだったかもしれない。そうやって与えられたものに、全力でぶつかっていけばよかったのだ。

でもそこはＪＪ。みんなで決めたほうがいい、と言った。ＪＪの長所にして短所が見事に出た形だ。生徒の自主性を重んじてくれる。そして、重んじ過ぎる。

その後、期末テスト期間に入ったり何だりで、さらにズルズルいった。

何となく、『船出』に手を加えて再演、という流れになりつつあった。舞台をただ歩くだけじゃない新たなぼくの役をつくって、再演するのだ。

四人の芝居であったものを五人の芝居にはしない。ぼくはあくまでも端役。ただ、セリフをもうちょっと増やす。ストーリーに絡め、登場人物っぽい感じに仕立てる。そうやって、いじった感じを出す。すべてをひっくるめて一言で言うと、お茶を濁《にご》す。

で、愛蔵先輩が、大胆なこと、ムチャクチャなことを言いだした。こうだ。

その新たな安井想哉役をどうするかは、安井っち自身にまかせるよ。好きにしていい。芝居にただ紛《まぎ》れこんだどころか、未来からタイムスリップしてきたことにしてもいいし、前にエチュードでやったみたいに、犬になってもいい。すべて受け入れる方向でいくよ。何でもいいからさ、冬休みのあいだに考えといて。

もちろん、ぼくは言った。そんな。無理ですよ。

愛蔵先輩は軽くいなした。無理じゃない。だいじょうぶ。安井っちならやれるよ。エチュードでも、かなりいいアイデアを出すじゃん。セリフもおもしろいし。二週間もいらない。一日あれば思いつくよ。それを書いてきて。

要するに、うまく押しつけられたわけだ。

最後はシリアスな感じになるあの『船出』に、未来から来た安井想哉を出せるわけがない。安井犬《けん》も出せるわけがない。

新入生歓迎公演は四月半ば。そうなると、リミットはやはり冬休み明けの一月だろう。セリフがある役を増やすなら、あれこれ変更点が出てくる。ほかの登場人物たちのセリフも、ちょっとは変えなきゃいけない。

た。

天パー部長め。いや、人工パーマ部長め。と密かに毒づきつつ、ぼくはあれこれ考えた。

考えるたびに、最後はこう思った。また『船出』で、本当にいいのか？

いやだけどしかたないよ。芝居は一人じゃできないもんね。一人芝居っていうのも、あるにはあるけど。と美衣は言った。部活を終えて、一緒に帰るときにだ。

美衣らしくないな、と思った。せっかく新入生歓迎公演ができるところまできたのだ。そこでのしかたないはなしだろう。

谷口さんが病室で言ったことを、ふと思いだした。人がみんな役者であるわけではない、そうである必要もない、というあれを。

美衣は役者だ。それはまちがいない。

ぼくは役者じゃない。それも、残念ながら、まちがいない。

前に、稽古での部員たちの演技を、ＪＪがビデオカメラで撮った。その映像を見た。何度も撮り、何度も見た。

ぼくも、セリフはそこそこ言えるようになった。まさにそこそこ。七割は噛まずに言えるようになった、というレベル。まあ、進歩は進歩。

ただ、ぼくには動きの滑らかさがなかった。何度やってもダメだった。役者として演技はしてる。が、体の動きは、安井想哉のそれになる。当然だ。そこに滑らかさがない。演技をしてるからじゃなく、そもそも、ない。どうしても、ない。

映像を見てわかった。安井想哉という人間の動きそのものがぎこちないのだ。それは変えられない。変えるには、骨格や筋肉を換えるしかない。ひざの関節やひじの関節も換えるしかない。つまりぼくには、天性の資質みたいなものがないのだ。

あせらなくていい、とも谷口さんは言った。結局ね、やりたいことを、人はやるから。

その言葉は、耳に残った。一度忘れたけど、すぐに思いだした。思いだしてからは、もう忘れなかった。

で、書くことを思いついた。『船出』を書き換えるんじゃなく、自分で台本を書くことをだ。台本がないなら、書いてしまえばいい。いきなり一時間ものはキビしいが、三十分ものならいけるんじゃないか。そう思えた。

やりたいこと、かどうかはまだわからない。でも、やれること、ではあるかもしれない。

初めてエチュードをやったとき、演技の難しさを痛感した。でもそのあとに安井犬のアイデアを出したときは、胸が躍った。次いで飼主に蹴られるというアイデアを出したときは、さらに躍った。話をつくることの楽しさに気づいた。

あれから五ヵ月強。やってみた。

時間、人、舞台装置。制約が多いなら、台本をそちらに寄せればいい。書く段階で、そうしてしまえばいい。具体的には、あて書きをすればいい。

役者は四人。男女二人ずつ。千佳先輩も出す。出てもらう。安井想哉は出ない。勝手にそう決めた。

決めてしまえばいいのだ。そう書かれた台本を持っていけば、誰も文句は言わないだろう。いや、言うか。まあ、いい。とにかく、千佳先輩は出る。裏方はJJとぼくでやる。ぼくにできるのは、『船出』のあの役が限度だ。県立みつば高校演劇部の安井想哉自身。

ヒッチコックの映画を観といてよかった、と思う。例えば『裏窓』や『ハリーの災難』は、時間や場所がある程度限定されてるという意味で、演劇っぽい。通じるところがある。

とはいえ、映画と演劇は別ものだ。似てるけど、ちがう。小説と映画がちがうように、映画と演劇もちがう。演劇部に入ってみて、そのことがわかった。何というか、膚《はだ》で実感できた。

映画で高校生が大人を演じたら、リアルじゃない。でも演劇でその種のリアルは考えなくていい。特殊メイクをして大人に化けなくてもいい。一応、ヅラをかぶり、大人であることを示す。その程度でいい。実際に大人に見えなくていい。

制約が多い一方で、演劇にはそんな自由もある。舞台という狭い空間で、その自由は保証されてる。学校にも、たぶんその先の社会にも、本当の意味での自由なんてない。でもそこにだけは、あるのだ。

そう考えると、ワクワクする。あとはこちらのやりようだ。宮内くんが夏に野球場で言ってたのとはまたちがう意味かもしれないが、演劇には、広がっていく感じがある。たとえ内側にだとしても、広がってはいける。内側への広がりには際限がない。

と、文芸部の望月くんみたいなことを言うのはここまで。

何せ、台本を書くのは初めて。ぼくは現実を見る。

技術もない。経験もない。背伸びをせず、まずは自分に近い人を書くべきだろう。

登場人物は四人。古賀愛蔵。鶴見千佳。梅本美衣。宮内聡樹。はっきりした主役を立てる必要はない。そこは『船出』と同じでいい。でもそのなかで、美衣の役割は増やしたい。

勘《かん》ちがいしないでほしい。別にひいきしてるわけじゃない。活かせるものを最大限活かし、いい芝居にしたいだけだ。そのための、ひいき。

そのまま高校生というのも何なので、四人を大学生にした。新入生歓迎公演ということも踏まえ、大学一年生。愛蔵先輩とぼくがゲロを吐いたエチュードでの大学生の感じは悪くなかったので、あれをつかいたい。

でも、新入生を意識するのはそこだけだ。教訓めいたものにはしたくない。新たに何かしたい人たちを書きたい。

何か。何だ？

すんなり出た。演劇。何かしたい人たちが、劇団を結成するのだ。悪くない。決定。

とっかかりとして、その劇団名を考えた。四人だから、それぞれの名字から一文字ずつとることにした。ありがちなパターンだが、それでいい。そのリアルさはあっていい。

なるべくわかりやすいものを、と引きつづき考えてたら、スポンとこれが出た。

『小中高大』

名字の頭に小や中や高や大がつく人は多い。たまたまそんな人たちが集まって、劇団『小中高大』を結成するのだ。そのたまたまも、やり過ぎにはならない。むしろ妙なリアルさを出せる。

読みは、しょうちゅうこうだい、じゃなく、こなかたかひろ。劇団名も人名のようにする。でも芝居のタイトルとしては、しょうちゅうこうだい。いいかもしれない。

そこからは一気に話がふくらんだ。

初めから四人がそろってはつまらないので、一人はあとから仲間に加わる。いや、それだけでもつまらないので。そう。美衣だけはちがう名字にする。小も中も高も大もつかない。そこは何でもいい。例えば、矢野《やの》美衣。

何かやろう、が、演劇をやろう、劇団をつくろう、になった四人。小森《こもり》愛蔵と中島《なかじま》千佳と矢野美衣と大原《おおはら》聡樹。下の役名は、わかりやすく、みんな、本名をつかう。

矢野美衣は、家庭に問題を抱えてる。両親が今にも離婚しそうなのだ。受け入れられない。でも受け入れざるを得ない。矢野美衣は、結局、高崎《たかさき》美衣になる。そして、仲間である美衣の両親の離婚を決してムダにはするまいと、愚かなまでに前向きな人、小森愛蔵が言うのだ。劇団名は小中高大にしようぜ。

両親の離婚のことなら書ける。何せ、経験者だから。結構キツいのだ、それは。

というわけで、書いた。

ヒッチコックの映画もロクに観ず、書きつづけた。書いては直し、また書いてはまた直した。一日八時間、パソコンに向かうこともあった。勉強ならそうはできないが、台本書きならできることがわかった。

年末はずっとそんな感じだった。ほとんど家から出なかった。谷口さんの病院にも行かなかった。それに関しては、台本書きを優先させたからじゃない。谷口さんの体調が悪化したからだ。

冬休みに入る前、期末テストが終わってすぐの土曜日に、一度行こうとした。

しばらくはいい、と母からストップがかかった。もうかなり具合が悪いのだという。痛みにひどく苦しんだり、意識が混濁したりするらしい。そんな姿を想哉くんに見せたくないと、谷口さんは言ったそうだ。母自身、はっきり言った。わたしも見せたくないと。だから、行かなかった。

今年も残り三日となったとき。新聞のテレビ欄に気になる文字を見つけた。

母は病院に出かけてた。年末も年末だというのに、友さんも仕事に出てた。それなも早くから出かけてた。ソフトテニス部の仲間たちとアミューズメント施設に行くという。ボウリングにゲームにカラオケ、何でもできるとこだ。部の子たちと行くとは言ってたが、ほかの部の子たちもいるのかもしれない。例えばサッカー部とか野球部とか、つまり男子とか。

かなり遅めの朝。牛乳をかけたグラノーラを食べながら、ボケ～ッと新聞を見た。紙面の隅のほうに、その文字を見つけた。衛星放送の欄だ。

末永静男監督追悼番組映夜、街の隙間

放送は午前三時から五時。深夜も深夜。人によっては早朝という時間帯。

追悼番組。テレビのニュースではやらなかったと思う。その四日前に末永静男監督が亡くなってたことがわかった。テレビのニュースではやらなかったと思う。ぼくが気づかなかっただけかもしれないが、大きくとり上げられはしなかったはずだ。

ネットのニュースでも気づかなかった。検索したら見つかったが、映画監督の末永静男さんが亡くなったという程度の簡素な扱いだった。

代表作の一つとして、『夜、街の隙間』が挙げられてた。死因は家族の意向により非公表。享年六十七。平均よりは早いが、早すぎはしない。最近は映画を撮ってもいなかった。だからニュースとしての価値は低かったのかもしれない。

ブルーレイディスクレコーダーで、録画予約をした。

監督の死。まさかそんな形で巡り合うとは。

その日も、夜遅くまで『小中高大』の続きを書いた。午前三時まで無理に書いた。

そして足音を潜めて居間に行き、ブルーレイディスクレコーダーがきちんと作動してることを確認した。

寝た。


録画した『夜、街の隙間』をすぐに観ることはなかった。機会がなかったのだ。母か友さんかれな、誰かしらが家にいたから。

ディズニー映画じゃあるまいし、家族みんなで観るわけにはいかない。観るなら一人で観たい。せめて初めの一回は一人で観たい。

まあ、やろうと思えばそうすることもできた。自分の部屋でパソコンで観ればいいのだ。でもその気にもなれなかった。急いで観てしまう気にならなかった、と言ってもいいかもしれない。観るならきちんと観たい。ヒッチコックの映画を観るときみたいに。何ならそれ以上に。

年始の三日と四日は友さんが確実に休めるというので、三日におじいちゃんとおばあちゃんの家を訪ねた。館山にある、元父と友さんの実家だ。海に近い。

去年と同じように、元父の車で行った。家電量販店に行くときにぼくとれなを乗せてくれる、あの白いセダンだ。五人乗っても窮屈《きゅうくつ》じゃない。

元父も含む、五人。去年もそうなって、驚いた。まあ、おかしくはないのかもしれない。母と元父、ということで考えればおかしいが、友さんと元父、ということで考えればおかしくない。二人は兄弟なのだ。離婚だの再婚だのは関係ない。そんなことがあっても、二人の関係自体は変わらない。

とはいえ、母が元父と同じ車に乗るのは、さすがにこのときぐらいだ。元父とぼく、元父とれな、はあっても、元父と母、はない。家電量販店に行く用事があっても、母は友さんとウチの軽自動車で行く。もしくは一人で行く。友さんがいないとこで元父と行動をともにすることはない。

元父が運転席、れなが助手席、友さんとぼくと母が後部座席に座った。

基本はその配置になる。割を食うのがぼくだ。挟まれる。窓側に行けない。

元父が運転してるときは母を真ん中にしてもいいのだが。友さんが運転を替わって元父が後ろに来るときだけ元夫婦の二人が隣同士にならないようぼくが真ん中に移る、というのも変だから、常にぼくがそこに座る。もう少しいえば、ぼくが自らそうしてしまう。

車内の雰囲気は、まあ、普通だ。元父と母もごく普通に話すし、れなと母はごく普通に話さない。話さないのがいつものことだから、それはそれで普通。ただ今回、れなは元父主にれなと元父、れなと友さんが話し、残る三人がそれを聞く。友さんともやや距離を置くようにと話すことが多い。稲葉佐知さんの件があってから、れなは元父とよく話すようになってるのだ。厚かった信頼が、いくらか薄れたらしい。

れなは今も元父宅に泊まる。金曜か土曜。どちらか一日にはなったが、ゼロの週はない。だから元父とよく話すのも不自然ではない。泊まりに行くのは不自然だが、そのせいで、よく話すのは不自然ではない。状況そのものが不自然なだけで。

谷口さんの話は、誰もしなかった。さすがに避けてる感じがあった。当然だろう。家族四人の自宅でさえしないのだから、元父の前でするわけもない。

おじいちゃんとおばあちゃんの家には、三時間半で着いた。

二人と会うのは一年ぶり。去年はぼくが受験だったため、母と留守番をするという案も出たが、想哉にも会いたいねぇ、とおばあちゃんが言うので、結局は行った。

そんなことを言ってしまったからか、おばあちゃんはお年玉を多めにくれた。無理言って悪かったねぇ。これで参考書でも買って。参考書は後日きちんと買った。ヒッチコック映画の参考書だ。

おじいちゃんもおばあちゃんも、去年と変わってないように見えた。が、二人とも七十代。変わってないはずはない。そう思って見れば、去年より顔のしわは増え、背中は丸まってるような気もした。でも元気は元気なので、ほっとした。意外なほどほっとしてる自分に驚いた。

そして事件が起きた。

これはもう、事件と言っていいと思う。誰も予想してなかったことだ。当事者の二人でさえ、してなかっただろう。

二人とは、元父と友さん。安井兄弟だ。

おじいちゃんの家は広い。家自体が大きいわけではないが、庭が広い。車はどこにでも駐めておけるから、車庫は特に必要ない。詰めれば十台だって駐められるだろう。

昔はその広い庭で犬を飼ってた。黒に白が混ざった秋田犬だ。ぼくが幼稚園児のころまではいた。大きくて見た目はこわかったが、気性《きしょう》は穏やかだった。ような気がする。

元父と友さんが、冬だというのに、その庭で立ち話をしてた。

おじいちゃんとおばあちゃんは奥の部屋にいた。母とぼくとれなは、居間で座ブトンに座り、テレビを見てた。三日ともなるとさすがにあきてきた、正月特番をだ。

もちろん、窓は閉めてた。換気のために少し開けたりもしてなかった。でも、庭から声が届いてきた。かなり大きな声だ。怒声と言ってもいい。

「お前、何してんだよ」

「あ？」

前のほうが元父で、あとのほうが友さん。ちょっとよくない感じ。そんな二人の声を聞くのは初めてだ。

庭に面した窓を見る。出入りもできる、大きな掃き出し窓。

二人の全身が見えた。向き合ってる。元父は腕組みをしてる。友さんは尻に両手を当ててる。

「結婚したんだろ。フラフラするなよ」

「あんたに言われることじゃねえよ」

「おれがお前にだから言えるんだろ」

「うるせえんだよ」

友さんが元父の胸を両手で小突いた。元父が一歩後退する。

マジで？　と思った。手を、出す？

母とれなを見る。

二人も兄弟を見てた。驚いてる。

元父が、右手で友さんの左頬を張った。ビンタだ。思いっきりではないが、軽くでもない。肌と肌が当たったとき特有の、ビシャン、という音が響く。

友さんはよけなかった。あえて受けた感じがあった。

右足で元父の左腿《もも》を蹴る。パンチではない。キック。さすが元サッカー部。
などとのんきなことを言ってる場合じゃない。
素早く立ち上がった母が、窓を開けて、言う。
「ちょっと！　何してんの！」
元父がこちらをチラッと見る。友さんは見ない。互いの胸ぐらをつかみ合う。
ぼくもれなも立ち上がり、廊下を挟んだ窓のとこへ寄っていく。
「お前、何なんだよ」と元父が言い、
「てめえが何なんだよ」と友さんが言い返す。
「離せよ」
「てめえが離せ」
「やめなさいよ」とこれは母。
奥の部屋から、おじいちゃんとおばあちゃんもやってきた。騒ぎを聞きつけたらしい。
「何してんだ？」とおじいちゃんが言う。
何をしてるんだ！　という詰問《きつもん》ではない。何をしてるの？　という質問に近い。
「二人が」と母が応える。
「ケンカか」とおじいちゃん。
「いやだよ。みっともない」とおばあちゃん。

どちらも、大してあせってない。

元父が手を離し、友さんも手を離す。やや距離をとって、にらみ合う。

「家族を困らせるな。大人になれ」

「いかにもなこと言ってんじゃねえ」

「疑われるようなことはもうするな」

「だからエラソーなこと言ってんじゃねえ。兄貴ヅラしてんじゃねえ」

「兄貴だから、しかたないだろ」

「しかたなくなんかねえ。こっちもついでに言っとくぞ。昔からこれが一番ムカついてたんだ」

「何だよ」

「AC／DCをバカにすんじゃねえ。ジャズを聴くからエラいとか思ってんじゃねえ。AC／DCもジャズも、根っこはブルースでつながってんだよ。そういうことも知らないでカッコつけてんじゃねえ。大人の音楽とか言ってんじゃねえ」

「言ってないだろ、そんなこと」

「言ってるように見えんだよ。気どってるように見えんだよ」

そう言うと、友さんは歩きだした。すぐに見えなくなる。玄関にまわった様子はない。外に出ていったらしい。

元父が、掃き出し窓から家に入ってきた。

「ごめん」と母に言う。

「手を出すのは、なしでしょ」

元父が黙ってるので、ぼくが言う。

「先に出したのは、友さんだよ」

言ってから思った。胸を小突くのは、微妙だ。手を出したとは言えないかもしれない。押しただけ、と見ることもできる。そうなると、先に手を出したのは元父だ。ビンタはやはり、手を出したことになるだろう。

「四十を過ぎて何やってんだろうねぇ」とおばあちゃんが言い、

「変わらんもんだな」とおじいちゃんが言う。

あとでおばあちゃんに聞いたとこでは。

直仁と友好の兄弟は、よくケンカをしたらしい。友さんが中学生のころまでは、殴り合いにもなってたという。先に突っかかるのは友さんだ。それはわかるような気もする。今のを見るまでもなく。

何にせよ、驚いた。大人の兄弟ゲンカを初めて見た。大人も大人。四十七歳と四十四歳。にもかかわらず、手が出るとは。足も出るとは。

結婚したんだろ。フラフラするなよ。と、元父は言った。疑われるようなことはもうするな。とも言った。稲葉佐知さんの件だと思う。話したのは、れな。友さんもそう考えてるはずだ。

母が元父にそれを話したのではないだろう。話したのは、れな。友さんもそう考えてるはずだ。

そのことを、元父が友さんに言ったのだろう。今日初めて言ったのではないかもしれない。電話なり何なりはしてたのかもしれない。それはわからない。ともかく。会ったからには直接言っておく気になったのだろう。

もしかしたら、元父のなかにも、今なお割りきれないものがあるのかもしれない。友さんは弟にして別れた妻の再婚相手なのだ。別れてから二人が惹かれ合ったとわかってても、何でお前が、という気にはなるだろう。でも元父はそれを受け入れた。なのに友さんが稲葉佐知さんと会ってた。お前、何してんだよ、と言いたくなるかもしれない。

友さんにメールを出したり電話をかけたりはしなかった。母もれなも元父もぼくも、しなかった。おばあちゃんがしようとしたが、やめとけ、とおじいちゃんに言われ、あっさりやめた。

家を出ていった友さんは、二時間ぐらいで帰ってきた。

「悪かった」と、母とぼくとれなの前で元父に言った。

「こっちも悪かった」と元父も言った。

それから、おじいちゃんとおばあちゃんが元父の車で買物に出た。

想哉とれなは晩ご飯何が食べたい？　とおばあちゃんに訊かれ、ぼくは、何でもいい、と答え、れなは、お寿司、と答えた。じゃあ、買ってくるかねぇ、とおばあちゃんは言い、おじいちゃんとおばあちゃんの家に、次男一家の四人だけが残された。

おじいちゃんとおばあちゃんと元父とともに出かけていったのだ。

居間で座ブトンに座り、友さんは言った。

「いや、参ったよ。足、上がんない上がんない。踏みこみも甘いし、力もうまく入らない。兄貴、全然痛がらなかったもんな。中学でもレギュラーになれないわけだよ、あれじゃ」

そして座卓の上の果物カゴからミカンを一つとる。皮をむこうとするが、むかない。戻す。

ふうっと息を吐いて、言う。

「あのね」

座卓を囲んで座ってるのは、ぼくとれなの二人。

母は台所で何かやってる。話は聞いてるはずだ。

「まずは謝るよ。ごめん。ほんと、みっともなかった。この歳になって兄貴とケンカするとは思わなかった。手を出しちゃ、ダメだ。完全におれが悪い。よい子はまねしないでね」

その冗談に、つい笑う。

「想くんには前に話したと思うけど。稲葉佐知さんは、高校の同級生なんだ。一応言っておくと、独身だよ」

「元カノでしょ？」と、これもれな。

「そう。元カノジョ。何度かメールをして、会った。お酒を飲んだんだね。高校のころの話をしてさ、結構楽しくて、つい飲みすぎちゃったんだ。ちょっと汚い話をするけど。店を出たとこで急に気分が悪くなって、吐いたんだよね。もう、頭ん中がグルグルまわっちゃってさ、とても電車に乗って帰れる感じじゃなかったよ。乗りもの酔いとちがって、お酒の酔いは、吐いたからってすぐによくなりはしないんだ。むしろそこがスタートみたいなもんでね」

「しないよ」と、少し怒ったようにれなが言う。

芝居の参考にと、訊いてしまう。

「コントの酔っぱらいみたいになる？」

「うーん。個人差はあるだろうけど、近い感じにはなるかも。四十代になって吐いたのは初めてだよ。四十四。吐くわ兄貴を蹴るわで、散々だ。で、こんなことを想くんとれなちゃんに言うのは何だけど、稲葉さんとは、ほんとに何もなかったんだ。ありそうな気配すらなかったと言っていいと思う。稲葉さんの家のトイレでまた吐いたしね、おれ」

「最悪」とれな。

「そう。最悪。それは認めるしかない。もうね、はっきり言うよ。ほかの言葉に言い換えたりもしない。おれはやきもちをやいてたんだ、あの人に。あの谷口さんに」

名前が出た。はっきり出た。友さんの口からその名を聞くのは初めてだ。

「だからさ、何ていうか、憂さ晴らしに飲みに行くぐらいはいいだろうと思ったんだ。これもはっきり言うと。あんなことになってバレるとは、まったく思ってないからね。天罰だな、きっと。ああなるよう、神様がおれにたくさん飲ませたんだ」

「神様が」とぼくが言う。「お酒、飲ませるかなぁ」

友さんが笑う。

れなも、ちょっと笑う。

「確かにそうだ。神様のせいにしちゃいけない。おれのせいだ。とにかく。想くんとれなちゃんにもいやな思いをさせてすまなかった」友さんは素早く正座をして、深々と頭を下げた。「ごめんなさい」

「いや、ちょっと。やめてよ」とぼくが言い、

「もういいよ」とれなが言う。

友さんが頭を上げる。ぼくを見て、れなを見る。

「許してくれる?」

「許すも何もないよ。ぼくらだって、もしかしたら万引とかしちゃうかもしれないし」

「いや、それは」と友さんがあわてる。「しないでね。したらコンビニに迎えには行くけど。ほんとにしないでね」

「しないよ」とれな。「するわけないじゃん」

「親のふり見て我がふり直してよ。反面教師にして」

そこへ、台所から母がやってきた。いくつかのミカンを果物カゴに補充する。

「聞いてた？」と友さんが尋ね、

「聞こえますよ、そりゃ」と母が答える。

「じゃあ、よかった」

「何それ」

母はすぐに台所へと戻っていく。

友さんがミカンを一つとり、今度は皮をむく。

ぼくもそうする。

れなもそうする。

「苗ちゃん、ミカン三つ減った」と友さんが母に声をかける。

何だろう。友さんが復活した感じがする。

二時間前に友さんが元父に言い放ったＡＣ／ＤＣに関することを思いだし、笑いそうになる。要するにあれは友さんなりの照れかくしだったのだろう。本音は本音。でもそれを口にすること自体が冗談。

翌四日。ぼくらは元父の車でみつばに帰った。

友さんだけが一人、行くとこがあるから、と言って、JRのみつば駅前で車を降りた。

谷口さんの病院に行ったのだと、家に戻ってから母に聞いた。ぼくが母に返した谷口さんの日記を、何日か前に友さんも読んだのだそうだ。

母は考えを変えたことも明かした。

あの日記はしばらく持っておくつもり。れながもう少し大きくなったら読ませる。

全員が読むんなら、とぼくは言ってみた。読んだあとも、処分する必要はないんじゃない?

そうね、と母は言った。

友さんの帰りを待って、四人で遅めの晩ご飯をすませた。

あらためて、ヒッチコックの映画を観た。『裏窓』にした。

『小中高大』の台本を仕上げてからヒッチコックを観るのはそれが初めてだった。

映画の完成度に圧倒された。自分の未熟さを、痛いほど思い知らされた。

あやうくデータ原稿を消去するところだったが、どうにか踏みとどまった。
そんなことをしてたら、スタートさえ切れない。
山は高い。ぼくはその山にある城に向かう。KならぬSとして。

ホロホロな三学期

どちらを先にするか迷った。部員たちに先に見せようか。JJに先に見せようか。

普通なら部員たちだろう。そもそも愛蔵先輩から出た話だし。ほかの三人も、冬休みをつかってぼくが書いてくると思ってる。

ぼくは書いてきた。ただし、新たな安井想哉役が加わった『船出』の改訂稿を、ではない。そちらは手をつけてもいない。まったく別のものを、書いてきてしまった。

ここへきて初めて、マズいな、と思った。つまんないよ、と言われて終わる可能性もあるのだ。素人の処女作。そう言われる可能性のほうが高い。

だとしても先に部員たちに見せるべきだろうが、先にJJ、にした。

大人の意見を聞くべきだと思ったのだ。JJなら、ダメはダメでも、つまんないよ、の一言でバッサリ斬《き》り捨てることはないはずだとも思ったのだ。初めてにしてはよく書けてるけど、新入生歓迎公演でやるのはちょっと難しいかなぁ、とか、あと何作か書くうちによくなっていくんじゃないかなぁ、とか、そんなソフトな言い方ぐらいはしてくれるだろうと。

　冬休みが明けた一月八日。始業式の日。

　ぼくは登校後すぐに職員室に行き、プリントアウトした『小中高大』の原稿をJJに渡した。朝のホームルームに来るのを待てばよかったのだが、自分の教室で渡すのはいやだったのだ。ヘタをすれば、クラスメイトに話を聞かれてしまうから。

『船出』に出てくる自分の役を書くはずが、新しいものを書いてしまいました。そんなふうに説明した。

　え？　ほんとに？　とJJは驚いた。驚いただけ。迷惑という感じではなかった。と思う。じゃあ、なるべく早く読むよ。楽しみだ。そう言ってくれた。

　で、本当に早く読んでくれた。

　体育館での始業式が終わり、そのあとの大掃除も終わり、教室での帰りのホームルームも終わったところで、安井、と前に呼ばれ、言われた。あとで英語科準備室に来てくれるか？

　部ではなくクラスということでJJも周りに気をつかったのか、台本だの読んだだのの言葉は出さなかった。近くにいた女子たちからは、銀縁メガネ男が何かしでかして呼び出されたように見えたかもしれない。

　その時点で、午前十時半。いつの間に読んだのか、と思いつつ、もしかして初めの一、二ページで、ダメだこりゃ、になったのか？　とも思いつつ、一人、英語科準備室に向かった。

コンコンとドアをノックし、失礼します、と声をかけて、入る。

なかには先生用の机が四つ。いたのはＪＪ一人。

隣の席のイスにぼくを座らせて、ＪＪは言う。

「読んだよ」

「もうですか？」

「うん。大掃除のあいだに読んだ」

大掃除の時間は三十分。『小中高大』の上演時間も三十分。ぴったりだ。読みこむまでもなかったということか。否定的な評価を突きつけるなら少しでも早くということか。

「すごくおもしろかった。新入生歓迎公演はこれでいこう」

「え？」

「何で驚くんだよ」

「いいんですか？　あれで」

「いいも何も。せっかく書いてくれたんだし」

「いや、あの、ぼくが書いてきちゃったからということであれば、別に」

「ちがうよ。そういうことじゃない。ほんとにおもしろかった。おれは素人だけど、台本の段階で素人におもしろいと思わせるのは、逆にすごいんじゃないかな」

「でも先生なら、多少は好意的に読んでくれるでしょうし」

「そりゃ好意的には読むよ。ただ、それは評価の基準を下げるってことではない。新入生歓迎公演だからね、顧問がおかしなことはさせられないよ。生徒たちに先生たち、みんなが観るわけだから」

わかってはいたが、言われてさらにおじけづく。

そう。生徒たちだけじゃない。先生たちも観るのだ。だいじょうぶか？　『小中高大』。

「感心したよ。『演劇入門』に書かれてた基本的なことが、きちんと実践されてると思った。出だしですぐに問題を示すとか、セリフを説明的にしないとか。親の離婚なんてすごくデリケートなテーマだけど、ほんと、よく書けてた」

「それは、あの、経験したことなんで」

「あぁ。そうなんだよな」

「去年、母親は再婚しましたけど」

「でも名字は、変わってないよな？」

「はい。相手が父親の弟なんで」

「ん？」

ぼくは安井家の事情を簡単に説明した。中一のときに両親が離婚したこと。中三のときに母が友さんと再婚したこと。今も元父とは会ってること。母も友さんもそれを認めてること。一気に谷口さんのことまで話しそうになったが、それはしなかった。JJに話すことでもない。

「そういうことだったか」とJJは言った。「でもうまくいってるならよかった」

うまくいってるかどうかは、難しいとこだ。

「おれも親が離婚してるから、あの感じはよくわかるよ」

「そうなんですか?」

「うん。親父に引きとられた。ウチは再婚してないよ。商売をやってるんだけど、経営がキビしいから、難しかったのかな。まあ、それはいいとして。十代後半だと、もう、親は親、自分は自分、と思ってはいるんだけど、気は晴れないんだよなぁ。そういう揺れみたいなものが、矢野美衣のセリフによく出てると思うよ。矢野から高崎になって、それを劇団名につかうっていうアイデアもいい。古賀なら、ほんとにああ言いそうだもんな。劇団名は小中高大にしようぜって」

「ですね。小森愛蔵じゃなく、古賀愛蔵が言いそうです。あて書きの効果が出ました」

「いい台本だと思うよ。芝居を観たくなる」

「でも離婚とか、だいじょうぶですかね」

「何が?」

「新入生歓迎公演で」

「あぁ。問題ないよ。そういうのを経験してる子も何割かはいる。触れないようにすべきことでもない。メインはやっぱり、さあ、劇団をつくるぞってことなわけだし。これ、もうみんなに見せた？」

「いえ、まだ」

「何だ。そうなの？」

「はい。先に先生にと思って」

「じゃあ、早く見せな。何なら、これでいくとおれが決めたと言っちゃってもいいよ」

「でも、みんながいやだと言ったら」

「いやだとは言わないよ、これなら」

「だといいですけど」

「それでさ」

「はい」

「今思ったんだけど。演出も安井がやればいいよ」

「はい？」

「作、演出、安井想哉。にすればいい。こんなのが書けるなら、きっと演出もできるよ」

「いや、それは」

「当然、頭のなかにイメージがあって、それを文字にしたわけでしょ？」

「まあ」

「じゃあ、今度はそれを実際の人間に当てはめてみればいい。うん。それがいいよ。書いた人が演出もやるっていうのが、理想なんじゃないかな。もちろん、別の人がちがう解釈でやるっていうのもありだとは思うけど。でもせっかく初めて台本を書いて、それが形になるんだから、ついでに初めて演出もやってみればいいよ」

「ぼく、一年生ですよ。しかも梅本さんとか宮内くんよりあとに入ってるし」

「それは関係ないよ。部長もそう言うでしょ。ああ見えて、実は最高の部長だから」

最高の部長。確かにそうかもしれない。ムダに先輩ヅラしない。あれこれ押しつけてこない。いや、まあ、『船出』の改訂は押しつけてきたけど。でもそれは、自身の役をつくる自由をぼくに与えてくれたと見ることもできる。この部だったから、ぼくは三日でやめなかったのかもしれない。ぼくだけじゃなく、宮内くんも、そうだったのかもしれない。

そしてコンコンとノックの音がする。

「失礼します」の声とともにドアが開く。

そうしたのは、何と、畑先生だ。英語科じゃなく、国語科の。文芸部顧問の。

「あ、ごめんなさい。お話し中でした？」

「もう終わります。どうぞ」とJJ。

「誰かと思えば。安井くん」と畑先生が言うので。

どうもと軽く頭を下げる。

「とにかくやってみな、安井」とＪＪも言うので。

「はい。あの、まあ」と返す。

部外者の前で、そんなの無理ですよ、演出は先生がやってくださいよ、なんて泣き言は言いづらい。

その部外者たる畑先生が、手にしてた本をＪＪに差しだす。

「これ、ありがとうございました。城先生のおっしゃるとおり。おもしろかったです。ためにもなりました」

見覚えがあると思ったら、『演劇入門』だ。部室にないと思ったら、こんなとこにあったのか。

「すごくわかりやすかったです。素人のわたしの頭にも、すんなり入ってきました」

「そうですか。それならよかったです」

ＪＪが畑先生に『演劇入門』を貸した。畑先生はそれを返しに来た。おかしくない。でも。職員室で返せるものをわざわざ英語科準備室に返しに来たと考えれば、おかしい。というか、あやしい。

そう思って見れば、いつもはきりっとした畑先生が、どことなくほわっとして見える。

望月くん、ピンチ！

「じゃあ、えーと、戻ります」

そう言って、ぼくはイスから立ち上がる。

すぐ横にいる畑先生に言われる。

「安井くん、ヒッチコックが好きなんだって？」

「あぁ。はい」

「わたしも好き」

「え、ほんとですか？」

「ほんと。一番好きなのは、『泥棒成金』かな。舞台が南仏でおしゃれだし、グレース・ケリーもきれいだし。映画としての軽さもいいわよね」

ならばと訊いてしまう。

「『ハリーの災難』はどうですか？」

「それ、二番。あのシャーリー・マクレーンはかわいい。きれい、じゃなくて、ほんと、かわいい」

「そう、ですよね」

「母親の役だけど、確か、まだ若かったのよね」

「二十一歳です」

「あ、そうなの？」

「はい。あれが映画デビューです」

「へぇ。すごいね。今のわたしより十歳下だったんだ。って、歳がバレちゃう」

三十一歳。バレた。すでに知ってたけど。

畑先生。意外に硬くない。

そして、目のつけどころがいい。


年が明けてから、谷口さんとは一度だけ面会した。どうにかそうできた。

土曜の昼に、母がいきなり言ったのだ。今日はちょっといいみたいだから三人で行きましょう、と。ちょっといい。谷口さんの体調がちょっといい、ということだ。それなは午後から部活があった。休めと母は言わなかった。休むとれな自身が言った。そしてＬＩＮＥで仲間に顧問への言づてを頼んだ。

母がそう言ったということは、もう近いということだろう、と判断した。訊きはしなかった。母が自分から言った。行きの電車のなかで。もう近いから、と。

今日はちょっといいという谷口さんの体調は、本当にちょっといいだけだった。相当悪いなかで、ちょっといい。その程度。

正直、あまり触れたくない。言葉にするだけでツラい。

最後に見たときから、またさらにやせてた。もうこれ以上はやせられないだろう、とそのときも思ったが、やはりやせてた。体の内側にブラックホールがあって、そこに吸いこまれていくような感じ。吸いこまれるだけ吸いこまれて、そのうち消えてしまいそうな感じだ。

顔は苦痛にゆがんでた。それが表情として固定されたように見えた。痛くないときが、ただの一瞬もないのだろう。意識も混濁してた。あったり、なかったり。ずっとそれが続いてるらしい。

ぼくらが来たことには、気づいてくれた。頰の筋肉を震わせる気力はなかった。つまり笑う気力はなかった。それでも、ありがと、と言ってくれた。はりがと、に聞こえた。もう声じゃなかった。息の延長だ。どうにか聞きとれた。ぼくもれなも、谷口さんの口もとに耳を寄せたから。

れなは泣いた。

母は泣かなかった。

ぼくは半々。目は潤んだが、涙は流さなかった。こらえた。流してもいいんだよな、とは思ったけど。

それが最後だった。もう、谷口さんと会うことはなかった。

きちんとお別れをすませた感じはない。でもどうしたってそうなるだろうという気はした。何度会ったところで、生きてる人とお別れはできない。あなたとはこれでお別れです、なんて言えない。

二月半ば。母に病院から連絡がきた。あぶない、と。

午後七時すぎだった。行ってくるから、と母は言い、素早く身支度を整えた。二人も来なさい、とは言わなかった。ぼくもれなも、行く、とは言わなかった。最期は母が一人で看るべきだろう。そんな思いが、当たり前にあった。

つくりかけだったみそ汁だけをつくって、母は出かけていった。

悪いけどピザでもとって、とお金を置いていこうとするので、冷凍のピラフかグラタンを食べるからいらない、と言った。それでいいとれなも言った。こんなときにピザをとる気にはならなかった。

母が出かけると、すぐに友さんが帰ってきた。母から電話は受けてたようだが、一応、ぼくが事情を説明した。

「じゃあ、今晩は帰れない可能性もあるね」と友さんは言った。

三人で、ピラフやグラタンを食べた。友さんとぼくがカニピラフの一袋を半分ずつ、れなはエビグラタンだ。あとは、プチトマトときゅうり。そして、母がつくってくれた豆腐と長ねぎのみそ汁。

食べ終えても、自分の部屋には戻らなかった。れなもそうだ。

友さんと三人で居間のソファに座り、インスタントコーヒーを飲んだ。普段は飲まないれなまでもが飲んだ。れなは？　と訊いたら、飲む、と言うので、ぼくが三人分、入れた。

そこでテレビを見るのは変だった。民放のバラエティでワイワイやられても困る。NHKのニュースもちがう。

だからといって、消す気にもならない。無音は無音でキツい。それではかまえ過ぎになる。厳《おごそ》かな空気をつくりだそうとしてるみたいになる。

で、思いついた。

「これ、観よう」と言って、ぼくはブルーレイディスクレコーダーを操作した。

これ、をテレビ画面に映しだす。録画しておいた映画『夜、街の隙間』だ。

「もしかして、苗ちゃんが出てたやつ？」と友さんに訊かれ、

「そう」と答える。

「テレビでやったんだ？」

「うん。監督さんが亡くなったみたいで、追悼番組としてやってたから、録《と》った。いつか観ようと思って」

いつか。今だ。これだって、かまえてるといえばかまえてる。でも、いい。このかまえ方は、受け入れられる。

居間の明かりを豆電球のそれだけにして、映画を再生した。別にムードをつくったわけじゃない。夜の話なんだろうから、明るい照明は画面の邪魔になると思ったのだ。

『夜、街の隙間』は、本当に、夜の話だった。夜も夜。金曜日の午後十時すぎから土曜日の午前五時前まで。まさに一夜の話だ。

主演は須田登と並木優子、と聞いてたが、そうでもなかった。主演は主演。ただ、その二人だけの話というわけではない。誰が出てるの？　と訊かれたら、須田登と並木優子、と答えるしかない。有名なのはその二人だから。そんな感じ。

確か群像劇というやつだ。多くの人たちが出てきて、それぞれのエピソードを積み重ねることで話を進めていくという。

ジャズベーシストの男と、そのカノジョ。小説家志望の男と、フリーターの女。タクシー運転手の女と、客の男。廃人寸前の洋画家の男と、その元カノジョであるクラブのママ。警官の男と、野良猫。その九人と一匹が、深くは絡まずに、動く。有機的にはつながらず、無機的につながる。

場所は銀座《ぎんざ》。そこからほぼ出ない。出るのは、夜の街をあてもなく走るよう指示されたタクシーが実際にそうするときと、登場人物の何人かが日比谷《ひびや》公園に行くときだけ。『裏窓』同様、舞台は限定されてる。狭い。でも内側へと広い。広がっていく。それこそ演劇みたいに。

ジャズベーシストが須田登で、そのカノジョが並木優子。母は、じゃなくて早川れみは、フリーターの女だ。雑居ビルの地下にある鶏料理屋『和《わ》どり』で働いてる。思いのほか、出番は多い。

小説家志望の男は、『和どり』の隣にある串焼き屋『薄暮亭《はくぼてい》』でアルバイトをしてる。早川れみとは顔見知りだ。会えばあいさつをするし、軽い冗談も交わす。でもお互い、名前までは知らない。

その夜、前々から執筆に行き詰まってた男は、初めてれみを飲みに誘う。知り合って長いのに名前さえ訊いてこなかった男の人は初めて、とれみは誘いを受ける。そんなふうに、彼らの夜は始まる。

深夜までやってるバーで、男はれみに、小説を書いてること、一向に芽が出ないことを打ち明ける。それを聞いたれみも、暴行を受けた経験があることを打ち明ける。

実際に暴行したのは見知らぬ男。でもそうさせたのは知人の男。そこは夜じゃない。真昼。知人の男は、ニヤニヤしながら一部始終をカメラに収めた。人のいやらしさから何からすべてを見せる昼の光がこわくなっちゃって、とれみは言う。だから夜働くようにしてるの。

短かったが、回想として、暴行の場面もあった。幸い、映ってちゃいけないようなとこは映ってなかった。声と動きと表情だけ。驚きがおそれに変わり、おそれがあきらめに変わる。そしてあきらめもなくなり、最後は無表情になる。そこだけで充分わかった。早川れみは、確かにうまい。

れなも友さんも、じっと映画を観た。話の筋はともかく、若き母が出てるというだけで、退屈はしなかったろう。ぼく自身はといえば、話の筋にも惹かれた。筋という筋がないことにこそ、惹かれた。わかりやすい筋がなくても映画は成り立つのだとわかった。演劇にも、それは言えるだろう。

日比谷公園前交番の警官が、ほかの何人かと、時間をずらして巧みに絡む。例えば公園に出没するノゾキとまちがわれて交番に連れてこられた洋画家の男と。例えば深夜の公園で一人ウッドベースを演奏するジャズベーシストの男と。

銀座界隈《かいわい》を生活の場とする野良猫は、登場人物全員と何らかの形で絡んだ。そのあたりの台本と演出は見事だった。浮くことなく、流れにすんなり溶けこんでた。うまいな、と思った。ヒッチコック監督作以外でそう思ったのは初めてだ。

バーを出た小説家志望の男とれみは、始発の地下鉄が出るまでのあいだ、やはりあてもなく銀座の街を歩く。碁盤の目のように整備された各通りを、隈《くま》なく歩く。その途中、ブツブツ言いながら一人で歩いてきた男とすれちがう。これが、何と、末永静男監督だ。ネット画像で顔を知ってたから、気づけた。さすが、好きな監督として名を挙げるだけのことはある。たぶん、ふざけてまねたのだ。自作にほぼ毎回カメオ出演するヒッチコックを。

ぼくは想像する。

この撮影が行われたとき、画面には映らないとこに、谷口さんがいたのかもしれない。いや、絶対にいただろう。撮影は深夜だ。そんな時刻に、マネージャーの谷口さんが早川れみを一人で現場にいさせるはずがない。カメラの後ろからの谷口さんの視線を、れみも感じてたと思う。見守られてることを、感じてたと思う。安心できたと思う。だからこそいい演技ができたのだと思う。

そして午前五時前。それぞれに一夜を過ごした男女が、数寄屋橋《すきやばし》交差点の一角に集まる。たまたま。フラついて車道に倒れた洋画家の男を、通りかかったタクシーがひきそうになる、という形で。

小説家志望の男とれみも居合わせる。洋画家を捜し歩いてたクラブのママや勤務明けの警官、そして急ブレーキで車を停めたタクシー運転手や客とともに、男をたすけ起こし、歩道へと運ぶ。そんなふうに、彼らの夜は終わる。終わるとこで、映画も終わる。

ぼくはリモコンを操作して画面を止める。テレビも消す。今は消してもいい。ちょっと静かにしたい。

「こういう映画、初めて観たよ」と友さんが言う。「アート系っていうか、ミニシアター系っていうの？」

「ぼくも初めて」

「でもおもしろかった。やっぱすごいんだね、苗ちゃん」

「うん。すごい」

ああいう役を受けてしまうとこがすごい。こなしてしまうとこもすごい。谷口さんは正しい。早川れみには才能がある。もうちょっと若ければ、『小中高大』に出てほしい。

「お母さん、このときいくつ？」とれなが訊く。

「えーと、二十一」とぼくが答える。

言ってみて、気づく。二十一。シャーリー・マクレーンが『ハリーの災難』でデビューした歳だ。これまたすごい。母、負けてない。かどうかは知らないが、少なくとも、勝負にはなってる。

もし母がタレントをやめてなかったら。あのタイミングで栗山始さんが亡くなってなかったら。母はシャーリー・マクレーンみたいになれてたのだろうか。女優として大成してたのだろうか。

そうなってたら、ぼくとれなは今ここにいないのかもしれない。母は安井直仁とも安井友好とも知り合わず、安井想哉も安井れなも生まれなかったかもしれない。栗山早苗は谷口早苗になってたかもしれない。

わからない。そういうことは、本当にわからない。わからないし、言ってもしかたがない。現実はこうなのだ。ぼくもれなもいる。元父も友さんもいる。母には演技の才能があった。それを認めてくれた恩人が、亡くなろうとしてる。その恩人を、母は看とろうとしてる。

午後十一時半。友さんのケータイが鳴る。スマホじゃない。ガラケーだ。

かけてきた相手を画面で確認し、友さんが電話に出る。ぼくとれなの前で。

「もしもし」「うん」「あぁ。そう」「残念だよ」「起きてる」「ここにいる。居間に」「ずっと映画を観てた。三人で」「あとで話すよ」「ん?」「わかった。伝えるよ」

友さんが電話を切る。ケータイをパタンと閉じる。

「ダメだったって」

ダメなのは初めからわかってた。でも友さんはそんな言い方をした。

余命半年と言われても、それから一年生きることもあるらしい。二年生きることだってあるらしい。ただ、五年はない。五年生きたとすれば、それは見立てがまちがってたというだけの話。

谷口さんが余命半年と言われたのは、去年の六月。今は二月。ほぼ見立てどおり。でも二ヵ月はがんばった。がんばってくれた。

「苗ちゃんから伝言ね」そして友さんは言う。「想哉もれなも、いろいろありがとう」

書けるなら最初から書けよ安井っち、と愛蔵先輩は言った。語感が気に入ったのか、すぐに七五調で言い直した。書けるなら、ハナから書けよ、安井っち。

いや、書く気なんてなかったんですよ、と返した。初めは、『船出』の自分の役を考えるつもりでしたし。

多少はうそ交じり。書く気がなかったのはほんと。『船出』の自分の役を考えるつもりでした、がうそ。

書いてきたんならやるよ、と愛蔵先輩は『小中高大』の台本を読む前に言った。何せオリジナルだからな。どんなにヘボくたってやるよ。そんなには、ヘボくないだろ？

わかんないです、と答えた。ヘボいかどうか、自分では見当もつかないです。自信はまったくなし。書いちゃったから持ってきただけで、自信があるから持ってきたわけではないです。

安井っち、天才じゃん、と読み終えた愛蔵先輩は言った。正直、そんなには期待してなかったのよ。いやぁ、想像を超えてきた。『船出』よりずっといいじゃん。どこの先生が書いたのにだって負けてない。三十分の台本を書けるだけで、もう、天才だよ。

その程度でいいなら、天才かもしれません、と返した。よかったですよ、愛蔵先輩の天才の基準が低くて。

まあ、愛蔵先輩はどこまで本気かわからないから置いとくとして。

ほかの三人からも、『小中高大』はおおむね好評だった。

安井くん、やるね、と千佳先輩は言った。戯曲だけじゃなく小説も書いてほしいって、文芸部からスカウトが来るんじゃない？

いい！　と美衣は言った。演劇部に入ってからのわたしの一番の功績がこれ。安井くんを部に引き入れたこと。

話がちがうよ、と宮内くんは言った。安井くんも、実はできる人だった。

演出も安井っちな、と最後に愛蔵先輩は言った。これは顧問と部長がわずか一分の話し合いで決めたことだから、変更はなし。太ったおじさんが好きな安井っちなら演出もできるに決まってる。そっちのほうの爪《つめ》もまだ隠してるに決まってる。つーことで、みんな、安井っち先生の演出にはしたがうように。先生が吐けと言ったら吐くように。吐くなと言ったら吐かないように。

結局、してやられたような気がしないでもない。演出まで押しつけられたような気が、しないでもない。

ただ、ぼく自身、その気になってきたことも確かだ。ほかの人が書いた台本で演出をするのは無理。でも自分が書いたものなら、できるかもしれない。ぼく以外の人よりは、うまくやれるかもしれない。末永静男監督も、『夜、街の隙間』の台本を自分で書いた。だからあんな演出もできたのだろう。

台本は見よう見まねで書いた。演出のことは、何もわからない。そもそも何がわからないかわからないのだから、とにかくやってみるしかない。新入生歓迎公演は四月半ば。時間はない。

まずは台本を読みこんでもらうことから始めた。

ぼく自身、何度も読み返した。意図を説明したうえで、ああしてほしいこうしてほしいと役者の四人に伝えた。伝えるだけじゃなく、意見があれば聞くようにした。相手は芝居をやる意思を持って演劇部に入ってきた人たちだ。言うとおりにしてくれればうまくいくから、で押し通すわけにはいかない。

とはいえ、みんな、あまり意見を言ってはこなかった。愛蔵先輩や美衣でさえ、そう。自分のことで必死なのだ。セリフを覚えなきゃいけない。それを体の動きと調和させなきゃいけない。『船出』のときとはちがう。長い準備期間はない。

C組の教室や視聴覚室で稽古をした。時には体育館のステージの隅ででも稽古をした。思いのほか集中できた。運動部が出す音や動きにまどわされなかった。本番の舞台に慣れておくということでも、そこでの稽古には大いに意味があった。

愛蔵、もうちょっと間を置いてから、セリフにいきましょう。

千佳は一度、美衣と聡樹を見ましょうか。盗み見るというか、見たことは知られたくない感じで。

愛蔵に千佳。先輩を呼び捨てにしたわけじゃない。役名で呼んでるだけだ。初めは違和感があった。本名を役名にしたのは失敗だったか、と思った。でもすぐに慣れた。今では稽古以外のとこでも普通に言える。あそこの愛蔵はいいですね、とか、千佳のメガネの上げっぷりは絶妙でした、とか。

稽古終わりは、いつも美衣と一緒に帰る。部活はほぼ毎日になったから、一緒に帰るのもほぼ毎日になった。ご近所さんという意識よりは部員同士という意識のほうが強くもなった。

歩いてるあいだは、ずっと『小中高大』のことを話した。あそこはどう？　ここはどう？　と美衣があれこれ訊いてきた。公園に一人で立つ矢野美衣が不意につぶやく、バーカ。そのセリフは誰に対するものなのか。そう訊かれても、答えられない。そこまで具体的には考えてなかったと正直に認め、答を一緒に探した。

美衣はやっぱり美衣なんだな、と思った。バスケをやるときのあの滑らかな動きをお客さんに見せないのは惜しいから、舞台にバスケのゴールを置いちゃおうかな、とも思った。そこでシュートをポンポン決めさせるのだ。場所は公園だから、バスケのゴールが置かれてもおかしくない。調達できるなら、本当にそうしたい。部費でどうにかならないかな。公演が終わったら不要になるから、バスケ部と折半《せっぱん》で買うとか。

そんなことをあれこれ考えるのは楽しかった。拾うものは拾い、捨てるものは捨てていく。少しずつ前に進んでる感覚があった。不思議な高ぶりもあった。ヒッチコックもそんな高ぶりを感じてたのだろうか。例えばイングリッド・バーグマンやグレース・ケリーに対して。

明日からは学年末テスト期間で部活は停止。よって、稽古は今日まで。という日の帰り道。並んで歩いてるときに、美衣がいきなり言った。

「そういえばさ、何でわたしが主役なの？」

「ん？」

「ほかの誰でもよかったわけじゃん。矢野美衣が高崎美衣になるんじゃなくて、矢野愛蔵が小森愛蔵になるんでも、矢野千佳が中島千佳になるんでも」

「まあ、そうだけど」言いながら、考えた。「まず、主役ってわけでも、なくない？　何ていうか、群像劇みたいなもんだし」

「四人でも群像劇って言う？」

「言わないか。でも、『船出』以上に四人が並び立ってる感じは、あるよね？　『小中高大』ってタイトルがそれを表してもいるし」

「観てる人は、親の離婚だの何だのが出てくる美衣が主役だと、思わないかな」

「思うかも」

思う。ぼく自身、そう思ってる。

「愛蔵先輩でよかったような気もするんだけど。部長だし」

「いや、でも、ほら、そしたら生々しいじゃん」

「生々しいって？」

「愛蔵先輩のとこは、実際にお母さんが離婚してるし。その意味での実名かよってことになっちゃう」

うまく切り抜けた。はずだ。

「そっか」そして美衣は言う。「ならよかった」

「よかったって、何が？」

「ひいきされてたのかと思った。同じ一年から主役を出しちゃおうって」

「まさか。ちがうよ」

「じゃあ、どうして？　愛蔵先輩が無理なら、千佳先輩でも宮内くんでもよかったでしょ？」

思いきって、言ってしまう。本音を。

「実力で選んだんだよ。能力で選んだ。愛蔵先輩のお母さんが離婚してなくても、あの役は美衣にしてた」

初めて美衣と呼んだ。矢野美衣を呼んだように見せて、梅本美衣を呼んだ。告白したつもりだった。美衣が好きだと伝えたつもりだった。

伝わらなかった。

「よく言うよね。でもうれしい。冗談でもそう言ってくれたことはうれしい」

「いや、冗談では」

「帰ったらお母さんに言うよ。演出家に認められた、早川れみの息子さんに認められたって。喜ぶんじゃないかな」

「喜ぶほどのことでも。ただ息子なだけだし」

「ミネくんにも言っちゃお」

「ミネくん？」

「安井くんと同じクラスのミネくん」

「サッカー部の？」

「そう」

「知り合いなんだ？」

「知り合いっていうか、カレシ」

「え？」

「こないだ告白された。で、付き合ってる」

「マジで？」

「マジで」

峰《みね》くん。一年C組の、峰貴臣《たかおみ》くん。野球部のエースだった酒井先輩に匹敵するスター。一年生にして、サッカー部のエース。出席番号は三十七番。峰、目黒、望月、安井。番号は近いが、二人を挟むので、一学期も席はそう近くなかった。近くても、あまり話さなかったかもしれない。運動部のスターとヒッチコックオタクに接点はないから。

「告白、されたんだ？」と訊き直す。

「うん」

「前から知ってたの？」

「ううん。知ってたのは、名前と、サッカーがうまいことだけ。『船出』を観てくれたんだって。三つ葉祭のときに。ほら、マネージャーの清水さん？　あの人と一緒に来てくれたの」

気づかなかった。清水未来が来てくれたことは知ってた。まさか峰くんまで来てたとは。

「でも告白されてすぐに付き合ったわけじゃなくて。そのあと、サッカー部の練習を観に行ったの。感心した。一人だけ、動きがちがうの。やわらかくて、滑らかで。芯があって、強い。上を目指せる人なんだなって思った」

で、付き合ったわけか。

やわらかくて、滑らかで。芯があって、強い。美衣の演技を初めて見たときにぼくが感じたことだ。峰くんと美衣。スター同士。惹かれ合うのも無理はない。

「安井くんにだから言ったけど。これ、まだナイショね」

「何でおれには言うの？」

「演出家だからかな。役者のことは、何でも知っといてもらわないと」

「そういうもんなの？」

「さあ。知らない。今思っただけ」

美衣は無邪気に笑う。『ハリーの災難』のシャーリー・マクレーンみたいに。

「テスト期間中も、毎日イメージトレーニングはするよ。ご飯を食べるときも、おフロに入るときも、美衣になったつもりで動く」

そんなことを言って、美衣はベイサイドコートのA棟へと帰っていった。

B棟の自宅に戻ると。

ぼくは半ば呆然《ぼうぜん》と晩ご飯のカレーライスを食べた。呆然とだが、二杯食べた。福神漬《ふくじんづ》けも、かなりの量を食べた。

自分でも予想外のタイミングで告白し、失敗。告白と認識さえされないまま、撃沈。妙な余韻《よいん》があった。いや、余韻ではなく、残滓《ざんし》かもしれない。残滓。難しい言葉だ。国語総合の授業で畑先生がつかった。

晩ご飯をすませると。

自室で音楽を聴いた。今日は映画じゃない。音楽。ヒッチコックじゃない。AC／DC。慣れ親しんだブライアン・ジョンソン時代でもない。ボン・スコット時代。アルバム『ロック魂』だ。

ボン・スコット時代はブライアン・ジョンソン時代より前。新旧でいえば旧だが。自分にとって何か新しいことをしたかった。これまでとはちがうものに目を向けたかった。

音はいつもより少し大きくした。部屋の明かりを消し、ベッドに寝転んで、若きAC／DCの演奏を聴いた。

AC／DCだから、もちろん、失恋の痛みを抑えてくれるようなものではない。優しく寄り添ってくれるようなものでもない。ではどんなものかと言うと、すべてを吹っ飛ばしてくれるものだ。失恋とかそんなの知らねえよ、という感じに。

『船出』のポスターをきっかけにわりとよくしゃべるようになった未来によれば。

夏で引退したサッカー部の先輩に、宮島大地《みやじまだいち》さんという人がいるらしい。恋のキューピッドと呼ばれ、崇《あが》められてる人らしい。あいだに入ってもらえば、恋が叶《かな》うのだそうだ。

ぼくも勢いで告白したりせず、卒業を控えたその宮島先輩に頼むべきだったのかもしれない。最後の一仕事をしてもらうべきだったのかもしれない。

いや、ちがう。そうじゃない。

自分で告白して、玉砕《ぎょくさい》。これでよかったのだろう。演劇を始めるのも人頼み。そのうえ告白も人頼み。それではあまりにもあんまりだ。

『ゴー・ダウン』『仲間喧嘩《げんか》はやめようぜ』『ロック魂』『バッド・ボーイ・ブギー』『素敵な問題児』『オーヴァードウズ』『地獄は楽しい所だぜ』

怒濤《どとう》の勢いで曲が続き、最後の『ホール・ロッタ・ロジー』が炸裂《さくれつ》する。AC／DCの代表曲と言われるが、これまでそんなにいいと思ったことはなかった。今は、よかった。ボン・スコットのクシャッとした声もいいな、と思った。ムチャクチャいいな、ブライアン・ジョンソンに負けてないな、と。

翌日。理科室での化学基礎の授業で席が隣になる未来に、峰くんのことをそれとなく尋ねてみた。

峰くんは、サッカー部のなかでも段ちがいにうまいらしい。

中学時代は、学校の部じゃなく、クラブのジュニアユースにいた。そこからユースに上がる道もあったが、そちらは選ばず、弱小校であるみつ高のサッカー部に入った。サッカー漬けの生活、選手として競うだけのプレー、がいやになったのだ。

サッカーは高校までででやめるつもりでいた。今は、大学でもやる気になってるという。

そこからプロを目指す気にもなってるという。
わからないでもない。
理解できてしまう。
たぶん、美衣の影響だろう。
芯があって強い人たちは、そんなふうにお互いを高め合っていくのだ。
ちょっとうらやましい。
かなりうらやましい。
でも、まあ。
ぼくも、一人ではない。
太ったおじさんがいる。

ということで。
あらためて、ヒッチコックの映画を観た。『ハリーの災難』にした。
台本について考えた。
演技について考えた。
演出について考えた。

最後に、カッコをつけてこう言った。
さよなら。シャーリー・マクレーン。

サラサラな春休み

第一学年が終わって、いよいよ春休み。

に入る前に、二つのことがあった。

　立てつづけにトントンときたので、整理するのに時間がかかった。落ちついてそれぞれを振り返れるようになったのは、春休みに入ってからだ。

一つめはこれ。

何と、宮内くんと千佳先輩がカレシとカノジョになった。五人しかいない演劇部で、部内恋愛が成立したのだ。ぼくしか知らないとこでほかの一つがあっけなく流れてしまった直後に。

部活終わりのハンバーガー屋で、ぼくはそのことを知らされた。母が谷口さんの病院に行かなくなってからも、ハンバーガー屋への寄道はなくなってなかったのだ。

とはいえ、久しぶりではあった。いつもはぼくが誘ってたが、その日は宮内くんが誘った。千佳先輩も来た。わたしも、と美衣も来た。おれはパス、と愛蔵先輩は一人先に帰っていった。今日は、ほら、叔母さんの美容院でパーマかける日なんだよ、と言って。

四人掛けのテーブル席。ぼくと美衣が並んで座り、向かいに宮内くんと千佳先輩が座った。

「もう、何よぉ、愛蔵」と、千佳先輩が珍しくブーたれた。隣の宮内くんに確認する。

「でも言っちゃうよね？」

宮内くんはうなずいて、いきなり切りだした。

「ぼくと千佳先輩、付き合ってる」

「うそ、マジで？」とぼくが言い、

「わかってたよ」と美衣が言う。

宮内くんと千佳先輩はその美衣の言葉に驚いた。

ぼくもやはり驚いた。

「安井くん、何で気づかないわけ？　二人、ほとんどしゃべらないし、目も合わせない。バレバレじゃん」

「そう、だった？」

「一週間前からずっとそう。ですよね？　千佳先輩。そのころじゃないですか？　付き合いだしたの」

「うん」と、千佳先輩がはにかみながら答える。

そしてメガネを押し上げるべく出した左手を引っこめる。何故って、そこにメガネはないから。

そう。千佳先輩はメガネをコンタクトに替えた。これでわかった。たぶん、目をいじるこわさよりも、見てくれがよくなるほうをとったのだ。

「どっちが告白したんですか?」と美衣がストレートに訊く。

「ぼく」と宮内くんが答える。

「へぇ。意外」

なるほど。宮内くんがあの『船出』のポスターをもらったのは、だからか。初めて自分が出る舞台のポスターだからじゃなく、千佳先輩が描いたポスターだから、もらったのだ。

それにしても。よく告白したな、宮内くん。

「まあ」と千佳先輩。「告白とかしてくれたらオーケーしちゃうけどねって、わたしが先に言ったんだけど」

笑った。まずは千佳先輩からの告白要請があったわけだ。

だとしても。よくそれをしたな、千佳先輩。

「しばらくは隠してようと思ってた。そしたら、稽古がどんどんやりづらくなっちゃって。じゃあ、自分たちから言っちゃおうって決めたの。ね?」

「はい」と宮内くんがうなずく。

カノジョへの、はい。悪くない。何か、いい。

「一週間も気づかないなんてニブいよ、安井くん」と美衣が言う。「演出家は観察眼が大事なんだから気づきなよ。わたしだって気づいたよ」

ということは、と思う。実力で選んだんだよ、とぼくが美衣に言ったあのとき、美衣はそれが告白だと気づいてたんじゃないだろうか。気づいたうえで、峰くんとのことを打ち明けたんじゃないだろうか。そうすることで、ぼくが傷つかないようにしたのだ。告白なんかされてない、という形をつくることで。

「二人、絶対別れないでくださいよ」と美衣が笑顔で際どいことを言う。「別れちゃったら、稽古がもっとやりづらくなるから」

「別れないよ」と宮内くんが言う。「ぼくは」

人は一人では誰とも別れられない。二人だからこそ、別れられる。でも。別れないよ、ぼくは。それもまた悪くない。何か、いい。

その宮内くんと千佳先輩の件が、一つめ。

二つめは。一つめにくらべれば小さなことだが、個人的には大きなことだ。

ぼくが花粉症になった。

三月の初めぐらいから、ノド、というか上あごの奥がヒリヒリと痛んだ。鼻から水が入ったときに生じるあの痛み。あれが何日も続いた。

いつもとちがってゲロを吐かないカゼなのかな、と思いつつ、二階堂《にかいどう》内科医院に行った。出された薬を指示どおりに飲んだ。治らなかった。そこでもう一度行った。では薬を替えてみましょう、と言われた。また指示どおりに飲んだ。また治らなかった。うーむ、とうなった。

ちょうど土曜で、元父がれなと耳鼻科医院に行く日だった。三月。すでに花粉シーズンに突入していたのだ。

帰りに電器屋に寄るから想哉も乗ってくか？　と電話で元父に訊かれた。ノドが痛いからいい、と答えた。カゼか？　とも訊かれたので、事情を説明した。

それ、花粉症かもしれないぞ、と元父は言った。症状がお父さんと同じだ。ノドにくる人もいるんだよ。あれだろ？　あの、鼻からサイダーを飲んだときみたいな痛みだろ？

鼻からサイダーを飲んだことはなかったが、言ってることはわかった。よくわかった。

鼻からサイダー。まさにそれ。

とはいえ、花粉症になったことを認めたくない気持ちもあったので、しばらく様子を見ることにした。様子見は、ヒリヒリがピリピリに変わった火曜のあたりで断念した。サイダーの量が増したのか、痛みが強くなってきたのだ。

久しぶりに自分から元父に電話をかけ、今度耳鼻科に行くときは連れてってほしいと頼んだ。今度行くのは三週間以上先だから、次の土曜に連れてってやる、と元父は言った。

そして直前のキャンセルを狙って予約を入れ、実際に連れてってくれた。

で、判明したのだ。花粉症だと。

しかも後日、検査の詳細な結果が出て、スギやヒノキだけでなく、ヨモギだのブタクサだのハウスダストだののアレルギーを持ってることもわかった。今回はスギだが、年じゅう症状が出る可能性があるらしい。

そう聞いて、あせった。お父さんも初めは似たようなことを言われたけど、症状が出るのはスギとヒノキだけだよ、と慰《なぐさ》められた。それでも、三月、四月、五月はダメらしい。三ヵ月。一年の四分の一！　無理に我慢しないで初めから薬を飲めば、症状はまったく出ないよ、とも慰められた。にしても、薬を三ヵ月。一年の四分の一！

でもそんなことは何でもない、と思うしかなかった。思えた。谷口さんを、知ってるから。

心のなかで、ぼくは谷口さんに報告した。

やっぱりぼくの父親は安井直仁でしたよ。

そして春休みに入ってからも、あることが起きた。

これはかなり大きなことだ。ぼく個人だけでなく、安井家にとっても大きなこと。それでいて、直接は関係のないこと。

元父が再婚するというのだ。

三月最後の土曜日、元父が珍しく家に来た。耳鼻科医院でぼくの検査結果を聞いたその帰り、母への報告も兼ねて、寄ったのだ。

居間のソファに四人が座った。いつも母が座る位置に元父。母はダイニングテーブルの前のイスに座った。

「相手は会社の同僚だよ」と元父は説明した。「アイザワキミヨさんて人」

相沢君代さん、だそうだ。

「おめでとう」と母が言い、

「おめでとう」と友さんも言った。

「耳鼻科は？」とれなが訊く。

「来年は連れていけないかもしれない」と元父が答える。「結婚したら、引っ越すから」

れなはもう、元父のとこへあまり行かなくなってる。まったく行かないことはないが、回数は減ってる。二週に一度ぐらいだ。

でもやはりここでは言う。

「近くに引っ越しなよ。あの耳鼻科、いいじゃん」

「うん。いいな。予約のシステムがあるとこは、あまりないし」

「その人に話して、そうしなよ」

「してもいいんだけど。そのあとがな」

「あとって？」

「お父さんたち、たぶん、インドネシアに行くんだよ」

「インドネシア？」

「そう。ほら、お父さんの会社はコーヒーの会社だろ？　そっちにコーヒー豆の農園を持ってるんだ。そこの担当になるかもしれない。希望したんだよ、その相沢さんとも話して。だから、四月にはまずそれに絡む部署に異動する。で、半年後か一年後には、向こうかな」

「そんな」と、れなが不安げかつ不満げに言う。「遠いよ」

「確かに、ちょっと遠いな」

「遊びには行けるじゃん」とぼく。「海外旅行だよ」

「まあ、インドネシアといっても、バリのほうじゃないから、観光地ではないけどな」

「でも、行けるでしょ？」

「ああ。来てくれるなら大歓迎だ」

いい？　と母や友さんに訊くべきかと思ったが、訊かなかった。

二人は何も言わない。もう知ってたみたいだ。今のこれは、ぼくとれなへの報告、ということなのだろう。

「子どもが、できたの？」とれなが再度訊く。

「いや、そういうことじゃない。できてないし、これからもできないと思う。相沢さん、四十四歳なんだ。友と同い歳。無理をすればできないことはないかもしれないけど、無理はさせない。相沢さん自身もそのつもりだよ。子どもは持たない」

「想くんとれなちゃんもいるしね」と言ったのは友さんだ。

「そうだな。想哉もれなもいる。友とお母さんも、いてくれる」

「やっぱり、披露宴はしないの？」と母が元父に尋ねる。

「ああ。しないよ。相沢さんも親御さんも、それでいいと言ってる」

「じゃあ、お祝に、一度、みんなでご飯でも食べに行きましょう」

みんな。今ここにいる五人のことなのか。館山のおじいちゃんとおばあちゃんを含めた七人のことなのか。でなきゃ、相沢家の人たちも含めてのことなのか。そこまではわからない。

が、元妻が元夫の再婚を祝福できるなら、それに越したことはないだろう。谷口さんをも受け入れられたのだかられなだって、いずれは祝福する気になるはずだ。谷口さんをも受け入れられたのだから、そんなことは簡単だと思う。

三月は寒い。三十一日でも、まだ寒い。海の上だと、特に。

そう。海の上。東京湾の上だ。行こうと思えば、みつばにも行ける。つながってる。

陸ではそうでもなかったが、ここでは風が吹いてる。吹きすさんでると言ってもいい。

海上で風が少しも吹かないなんてことはないのだろう。

生まれて初めて、クルーザーに乗った。骨をまくために出たのだ。谷口さんの遺骨を、海にまくために。

やはり生まれて初めて、救命胴衣を着けた。湾だから穏やかなのだろうと思ってたが、船はかなり揺れる。縦にも揺れ、横にも揺れる。東京湾には特有の波があるらしい。三角波。進む方向がちがう波と波がぶつかってできる、尖った波だ。

午前十時半すぎに出航して、今が十一時。船が停まる。揺れが、前進してたときとはまたちがう感じになる。

「ではこの辺りで」と福岡《ふくおか》さんが言う。四十代後半ぐらいの男性。葬儀社の人だ。

今日の友さんは、お客さん。お金を払う側。海洋散骨をする安井家の主人としてここにいる。当然、母もいる。ぼくとれなもいる。四人がそろってる。当然、元父はいない。

陸からは何キロも離れてるはずだが、街は見える。羽田《はねだ》空港も見える。実際、飛行機がいくつも飛んでる。飛んでいくものもある。飛んでくるものもある。どちらもはっきり見える。音はそう気にならない。船のエンジン音も大きいから。

みんな、出航時からこの後方デッキにいた。船室でイスに座っててもよかったのだが、そうしてると酔いやすいと聞いたので、外にいるほうを選んだ。

服装は普通。四人が四人とも、ダウンジャケットを着てる。友さんとぼくが黒、母がグレーで、れながが青。海の上は寒いからということで、そうなった。

初めは喪服を着ていくのだと思ってた。平服でお願いします、と事前に福岡さんに言われた。散骨は葬儀ほど形式ばったものではないという理由と、周囲に配慮するという理由があるみたいだ。何であれ、たすかった。学校の行事でもないのに制服なんて着たくない。しかも春休みなのに。

骨を海にまく。それは谷口さん自身が望んだことだ。

海が好きだとか、自然に還りたいとか、そういうことじゃない。いや、そういうことも少しはあったのかもしれないが、それだけじゃない。前に母が言ってたとおり。一番の理由は、入るお墓がないからだ。お墓をつくったところで、管理してくれる人もいないからだ。

谷口さんは本当に強く望んだという。それだけは頼むねと強く念押ししたという。亡くなったあとにまで母に迷惑をかけないようにしたのだ。遺骨はすべて海にまく。それでおしまい。ということで。

なかには、遺骨の一部だけをまいてもらう人もいるらしい。お墓はあるが、少しは海にもまく。自然を感じられる場所にということで、東京に住む人が地方の海にまいたりもする。海が好きな人たちや、自然に還りたい人たち。いろいろな意味で、余裕もある人たちだ。

でも谷口さんはちがう。そう考えると、ちょっと複雑な気持ちになる。

たぶん、母もなっただろう。ぼくの何倍もなっただろう。もしかしたら、お墓をつくってあげたいとさえ思ったかもしれない。その管理を自分がしてもいいとさえ思ったかもしれない。が、そこは線を引いた。谷口さんが線を引かせた。

この東京湾での散骨を手配したのは母じゃない。友さんだ。母に頼まれたのですらなく、友さんが自ら動いた。

今年の正月。ぼくらが元父と一緒に館山のおじいちゃんとおばあちゃんの家を訪ねた帰り。友さんは一人で墨田区の病院を訪ねた。そのときに、故郷島根県での散骨を谷口さんに提案した。

でも。

谷口さんは受け入れなかった。遠慮した。辞退した。

谷口さんは谷口さんで、友さんが勤める四葉クローバーライフが東京湾での散骨を請《う》け負《お》ってることを知ってた。母に聞いてたのだ。だから言った。

散々、ご迷惑をおかけしたので、できれば、ご主人の、お役に立ちたいんですよ。

四葉クローバーライフの仕事にしてほしい、利益にしてほしい、ということだ。

そんなことは気にしていただかなくていいですよ、と友さんは言った。

すると谷口さんは、それを予想してたかのように、こう言ったそうだ。

僕はもう、東京に出てからのほうが、長いんですよ。奥さんの、マネージャーとして、楽しいときを、過ごさせてもらいました。その意味でも、身近な東京湾にまいてもらえると、うれしいです。

本音がどうかはわからない。でもそう言われたら、友さんは何も言えなかった。谷口さんが望んだとおりにするべきだと思った。余計な口を挟むべきじゃないとも思った。

谷口さんが亡くなったのが二月半ばで、今が三月の終わり。ほぼ四十九日。ぼくとれなも春休み。平日だが友さんも休み。

ということで、散骨は今日、三月三十一日になった。

船室への出入口のわきに吊り下げられた小さな鐘を、カン、と福岡さんが鳴らす。そして散骨式が始まる。

どこにあるのかよくわからないスピーカーから音楽が流れる。タンゴだ。アルゼンチンとかそっちのほうで生まれたあれ。

今かけられてるのは、アストル・ピアソラという有名な人の演奏だ。ヴァイオリンなんかの弦楽に、アコーディオンみたいな音が乗る。友さんによれば、バンドネオンなる楽器の音だという。

この音楽は、何をかけてもいいことになってる。故人が好きだったものをかけるのだ。CDは遺族が用意する。本当に何でもいい。明るい曲でも、暗い曲でも。アイドルのうたでも、演歌でも。ドリス・デイでも、AC／DCでも。

まかせるよ、と谷口さんは母に言った。決めたのは母だ。タレント時代、仕事のあとに谷口さんとよくご飯を食べに行ったレストランでタンゴが流れてたという。こういうのはいいね、と谷口さんが言ったのを覚えてたのだ。

で、それを聞いた友さんが、CDを買ってきた。ならピアソラでしょ、と。

音はかなり大きいはずだが、海の上なので、そうは感じられない。船のエンジン音。風の音。波の音。そしてタンゴ。時に飛行機の音。すべてが交ざり合う。聞こうと思うものが耳に入る。そんな具合。

福岡さんから母に袋が渡される。長方形の白い袋だ。粉状に砕かれた遺骨が入ってる。一見ただの紙袋だが、水に溶けるらしい。海に入るとすぐに溶け、なかの遺骨が流れ出るのだ。

「袋はお一つで、よかったんですよね？」と福岡さんが尋ね、

「はい」と母が答える。

母はその袋を、両手のひらに載せて持つ。ぼくらに言う。

「一度、持ってみて」

すぐ横にいたぼくが、両手を出す。出してから、あ、ちょっと待って、とあわてて手のひらをはたく。汚れをはらう。

「見かけより重いから気をつけて」

「うん」

袋が両手のひらに載せられる。

「あ、ほんとだ」

思った以上にずしりとくる。

「二・五キロぐらいはありますからね」と福岡さんが説明する。

そう言われると、重いのか軽いのかわからない。粉々に砕かれてもそうなのだと思えば重いし、一人の人間がそうなってしまうのだと思えば軽い。

袋を慎重にれなに渡す。開いた両手のひらに載せる。

れなはぼくと同じ感想を洩らす。

「ほんと、重い」

「でもそれが命の重さではないわよ」と母。

「じゃあ、何の重さ？」

「今の谷口さんの重さ。命が引かれた重さ」

それながが袋を友さんにまわす。

そして友さんから母へ。

谷口さんの遺骨は、安井家をひとまわりして、あるべき人のもとへ戻る。

「では」と福岡さんが言い、

「はい」と母が言う。

飛行機がまた一つ飛んでいく。徐々にその音が小さくなり、アストル・ピアソラの音が大きくなる。色っぽくて夜っぽい音楽。タンゴ。意外と真っ昼間にも合う。

母はデッキの縁に身を屈め、両手を伸ばす。

腰のあたりに友さんが手を添え、体を支えてやる。

母が動きを止める。一瞬ではある。でも。この上ない敬意が込められた一瞬。ぼくにはそう見える。一度だけ谷口さんの病室で目にした母。あのときの姿と今の姿が重なる。

水面までは距離があるから、どうしても、そこへ袋を落とす感じになる。母は実際にそうする。投げ入れるのではなく。両手を精一杯伸ばしてから、指を放す。

ぼちゃん、と袋が海に落ちる。沈んでいく。

五秒ほどして、水の色が変わる。袋が溶け、粉状の遺骨が流れ出たのだ。

濁った水が、そこだけ、まさに水色になる。明るい水色。いくらか緑がかってもいる。エメラルドグリーン、に近いかもしれない。

「わぁ」とれなが言い、

「おぉ」とぼくも言う。

「水がきれいだと、もう少しはっきり見えるんですけどね」と福岡さん。

水色が少しずつ広がる。

薄まりつつ、船から離れていく。

谷口さんが、東京湾の底に下りていく。そんなふうにして、母と過ごした街、東京に落ちつく。故郷を捨てたわけでは、決してなく。

福岡さんに小さな編みカゴを渡される。今度は一人一つだ。黄に白にピンク。なかには色とりどりの花が入ってる。根や茎《くき》はない。花だけ。

その花を、各自が水面に落とす。そっとほうる。

そして母が、小さなお酒の瓶を傾け、中身を海に注ぐ。

次いで友さんが、ペットボトルの水を同じく海に注ぐ。

献花、献酒、献水、だ。

「では、黙禱《もくとう》をお願いします」

よろめいてもあぶなくないように少し下がり、四人、並んで立つ。

目を閉じる。

そこで初めて、谷口さんのことをきちんと考える。それまでは、慣れないことの連続で、そうする機会がなかったのだ。

とはいえ、結局は、谷口さんの顔をただ思い浮かべるだけ。

何をどう考えればいいのかわからない。ぼくが今ここで何を思い、何を感じればいいのか。その存在を知らずに終わる可能性もあった谷口さんに対して、ぼくは何を思い、何を感じればいいのか。

無理に思わなくていい。無理に感じなくていい。

そう結論した。

無理をしなくても、感じることは感じる。単純に、ぼくは谷口さんと知り合えてよかったと思ってる。谷口さんが早くに亡くなったことを残念に思ってる。自分が生きてる限り谷口さんを忘れることはないのだと、知ってる。

目を開けて、横を見る。

友さんとれなはすでに目を開けてる。

母は、ちょうど目を開ける。開けて、海を見る。

ぼくもあらためて海を見る。

もう水色は見えない。無数の花びらが波間を漂ってる。

福岡さんに渡された花輪を、母が海に流す。浮輪のような形をした、白い花輪だ。実際、浮く。でもやはり十五分ほどで水に溶けるのだという。

そして船が動きだす。エンジン音が大きくなり、アストル・ピアソラの音は小さくなる。

来たとき同様、船の後方に派手な水しぶきが上がる。

プカプカと浮かぶ花輪を、大きく三周する。

カン。カン。カン。間を置いて三回、福岡さんが鐘を鳴らす。

船は花輪から離れ、岸へと向かう。

ちょっとさびしさを感じる。泣きたくなるようなさびしさではない。館山のおじいちゃんとおばあちゃんの家から帰るときに毎回感じるような、どこか漠然としたさびしさだ。

花輪はやがて見えなくなる。

船は進む。

風が冷たい。それでいて陽は暖かい。

たぶんだが。

谷口さんは、母のことをずっと想いつづけた。

二十余年。そんなに想いつづけることができるのかな。

と、まだ十六年しか生きてないぼくなんかは思ってしまう。

でも。

十六歳の想い方とはちがうのかもしれない。

ぼくが美衣のことを想うのとは、またちがうのかもしれない。

ずっと同じ熱量で想いつづけるとか、そういうことではないのかもしれない。

友さんが、ぼくの心を読んだかのように言う。

「たぶんさ、あの人は、苗ちゃんのことを、ずっと想いつづけてきたんだよな」

「何言いだすのよ」と母。

「いや、そういう想いが伝わることもあるんだと思ってさ」

「何それ」

「だからこそ、おれらは今ここでこうしてるわけだし」

想いが伝わったからこそ、母は谷口さんを看とることを決断した。そういうことだろう。友さんはそうとらえてるということだろう。

「サッカーにギターに会社」と友さんは続ける。「おれはいろんなことをあっさりやめてきたけど。何かを続けることは、大事かもな」

「AC／DCは聴きつづけたじゃん」と、しょうもないことを言ってしまう。

「そうか。そういえばそうだ。いいこと言ってくれるね、想くん」

「ぼくもさ、AC／DCを好きになったよ。ブライアン・ジョンソンだけじゃなく、ボン・スコットも好きになった」

「お、マジで？」

「うん。今は半々で聴くよ」

「うれしいね。何よりだ」

AC／DCのヴォーカルは、ボン・スコットからブライアン・ジョンソンに替わった。安井家の父も、直仁から友好に替わった。でもAC／DCはやっぱりAC／DCだし、安井家はやっぱり安井家だ。友さんをお父さんとは言わない。ただ、友さんのさんにはお父さんのさんも含まれる。

「おれも自分のときは散骨でいいかなぁ」と友さんが言う。「そのときに流す音楽は、『地獄のハイウェイ』にしてよ。想くん」

「ちょっと。今から遺言とか、やめてよ」と母が言い、

「ダメだよ、友さん。そういうこと言うとおじいちゃんが怒るよ」とれな自身が怒る。

ふと、次作について考える。

『小中高大』の、次作だ。

家族もの。思いきって、安井家のことをそのまま書くのもありかもしれない。父親が兄から弟に替わった、家族の話。

役者が四人しかいないから、登場人物も四人。友好と、早苗と、想哉と、れな。

そうなると、友好は愛蔵先輩だろう。これははまり役かもしれない。人工パーマにAC／DCのTシャツがよく似合いそうだ。

で、元タレントの早苗が美衣。想哉が宮内くん。れなが千佳先輩。

千佳先輩は相当な役づくりが必要だが、宮内くんはそうでもないだろう。たぶん、銀縁メガネをかけるだけでいい。想哉にこれといった特徴はないから。

タイトルは、どうだろう。例えば『家族のシナリオ』とか。

明日からはもう四月。新学期が始まったら、積極的に一年生を勧誘しよう。部に入ってもらえれば、直仁役や谷口さん役を加えることができる。何なら、梅本美衣役を加えることもできる。

あとは、もし悪人タイプの男子が入ってくれたら、門脇幹郎役とか。ぽっちゃり型の男子が入ってくれたら、想哉の夢に登場するアルフレッド・ヒッチコック役とか。

そのためにも。

新入生歓迎公演『小中高大』を成功させなければいけない。演劇もおもしろそうだな、と思わせなきゃいけない。

岸が近づいてくる。遠景が近景になる。

東京の街が大きくなる。ビルがどんどん高くなる。

「わたし、四葉のハートマートでパートを始めるから」と母がいきなり言う。「最初のお給料が出たら、二人に何か買ってあげるわよ。何がいいか考えといて。ただし、それぞれ一万円以内」

四葉のハートマート。大きめだが、JRみつば駅前の大型スーパーほどじゃない。ごく普通のスーパーだ。友さんの四葉クローバーライフと同じ蜜葉市四葉にある。

元タレント。もしかしたらかなりいい女優になってたかもしれない、元タレント。でもそれをちっとも鼻にかけずにスーパーでパートをする母を、ちょっと誇らしく思う。

「わたし、決まり！」と早くもれなが言う。「『キノカ』と『渚のサンドバッグ』のブルーレイ」

どちらも映画。れなが好きな鷲見翔平の主演作だ。

「了解」と母。「想哉は？」

「うーん」

「メガネをコンタクトにするなら、一万円を超えてもいいわよ」

「ズルい。お兄ちゃんだけ」

「目が悪くなったら、れなにも買ってあげるわよ。メガネもコンタクトも」

「だったらいい」

コンタクト。

考えてみる。

目玉を触るのはこわい。でも必要に迫られたら、慣れるだろう。恋する女子として見てくれをよくする必要に半ば自主的に迫られた千佳先輩も慣れたみたいに。

ただ、ぼくは迫られてない。

台本を書くのにコンタクトは必要ない。

演出をするのには、なおさら必要ない。

ぼくは役者じゃない。

見てくれは、まあ、いい。

いや、よくはないけど。

最優先ではなくていい。

「このままでいいよ」とぼくは言う。「このメガネでなくなったら、カッコよくなっちゃうから」

「はぁ?」とれなが言う。「それ、本気?」

母が笑う。

友さんも笑う。

ぼく自身、笑う。

カッコよくなっちゃう、は本気じゃない。

でもこれは本気で思う。
今のこの会話が、聞こえてたらいい。
谷口さんも、笑ってくれてたらいい。

解説——寄る辺《べ》なき人々の心にそっと寄り添ってくれる、小野寺史宜《おのでらふみのり》の人間観

文教堂書店 青戸店 青柳将人《あおやぎまさと》

小野寺作品の魅力の一つに、つい応援したくなるような登場人物の親しみやすさがよくあげられる。それは普段ステージの裏側で役者を支えている人達の努力や葛藤《かっとう》に、スポットライトが当てられているからだろう。

そして、そんな器用に生きることのできない自分自身と向き合う彼等の姿は、やりきれない気持ちを抱きながら現代社会を生きる人々に、大きな共感と感動をもたらしてくれる。

交通事故で最愛の妻を失った喪失感から立ち直ることができず、深い悲しみをアルコールで紛らわす俊英《としひで》の孤独な日々を描いた『近いはずの人』（講談社刊）。

高校三年間、レギュラーに選ばれることなくベンチを温め続けている『ホケツ！』（祥伝社刊）の大地《だいち》は、五歳で両親が離婚した上に中学一年の時に母親を失くし、母親の姉の伯母《おば》の下で育てられている。

最新単行本の『ライフ』(ポプラ社刊)の幹太《かんた》は、最初の就職先での上司からのいじめに耐え切れず退職し、その後の転職も上手くいかず、アルバイトを掛け持ちしてなんとか毎日の生計を立てている。

『家族のシナリオ』に登場する安井《やすい》家の人々も、それぞれに何かしらの屈託を抱えながら生きている。そんな世代を超えた登場人物達が織り成す様々な人間群像劇が、『家族のシナリオ』だ。

主人公の想哉《そうや》には、元女優の母親がいる。母親は余命宣告を受けた元マネージャーの谷口《たにぐち》を看取る決意をし、毎日のように谷口の入院している病院へ通っている。その母親の夫・友好《ともよし》は、想哉や妹のれなの実の父親ではなく、想哉達兄妹の実の父親の弟で、友好は想哉の元叔父《おじ》にあたる。そして二人の本当の父親は、想哉達家族の住むみつばベイサイドコートの近くにある団地で一人暮らしをしている(本書の舞台になっているみつばは、『みつばの郵便屋さん』(ポプラ社刊)というシリーズ作品の舞台だが、他の小野寺作品にも登場することが多い。他作の登場人物が出てくることも少なくなく、作品と作品とのリンクを見つけるのも楽しみの一つ)。

この平凡とは決して言えない家族構成から生まれる独特のリズムが、不協和音を生み出すこともあれば、それぞれを個として成長させることもある。

想哉は、入部したばかりのテニス部を三日で退部している。学力も学年で丁度真ん中位の部類。中学校の頃、右目にサッカーボールが直撃する事故の影響で視力が片方だけ極端に低下し、銀縁の眼鏡をかけている。決して暗い性格ではないけれど、静かで大人しく、教室で集団の中にいれば、その景色の中に埋もれてしまいそうなタイプだ。

想哉が同じ中学校出身の美衣《みい》にひっぱられるようにして入部した演劇部について、クラスメイトの望月《もちづき》と会話をする場面がある。

「見えているのにたどり着けないって、真理だと思わない？」

このカフカの『城』を引用した望月の言葉に、「え？」と聞き返した想哉。それに対して、望月は「見えてはいても全容がつかめないものはたくさんあります、見えてるものがすべてではありません」と、文芸部の顧問の畑《はた》先生が話していたと語るのだが、想哉はその言葉の意味について深く考えることはなかった。

しかし谷口の母親への想いが綴《つづ》られた日記を読んだことは、想哉の心境を大きく変化させる。

「世の中に、ぼくが知らないことはたくさんある。たいていのことは、知らなくても生きていける。蛇口《じゃぐち》の栓《せん》をひねるだけで水が出ることを知ってれば、仕組みまでは知らなくても水を飲むことはできる。生きてはいける。

ぼくは母と谷口さんのことを知った。知ったからどうということはない。すぐにすべてが変わったりはしない。でもそういうことが後のぼくの考え方や立ち方に影響を及ぼしたりは、するかもしれない。母と谷口さんみたいな関係もあるのだと知ることで、いつか何かの選択が変わったりは、するかもしれない。そうは思う」

これは二学期の後半、演劇の台本を書き始める少し前の想哉の心情だ。

前述の望月が語っていた、「見えているものだけがすべてではない」という話の延長線上にあると言えるだろう。

この後、谷口の日記を読んだ想哉は、あることを確認するために谷口の見舞いに行く。その時の谷口との会話が、演劇部に於《お》いて役者だけではない、ほかの選択肢もあるということを想哉に気づかせてくれる。

「ぼくに母みたいな才能は、ないから」

「みんな役者であるわけでは、ない。そうである必要も、ない」

演劇は役者だけで成り立っている訳ではない。脚本家や演出家、舞台照明や大道具、小道具等の裏方が見えないところで舞台を支えているからこそ、役者は輝ける。

映画が大好きで、飽きることなく何度もヒッチコックを観ていた想哉にとって、この選択は自然な流れに思うかもしれない。けれど、この谷口の一言があったからこそ想哉は脚本家として裏方に回る決心をするのだ。

この谷口の言葉は、台本の執筆中もずっと想哉の背中を押し続ける。しかし、想哉が執筆に集中する日々を送っている間も、病に伏した谷口の時間も同じように流れている。決して快方に向かうことなく、病魔は確実に谷口の身体を蝕《むしば》んでいく。谷口が想哉の母親に付き添われながら、治ることのない病といかに向かい合い、闘っているのかという場面は、作中では殆《ほとん》ど具体的に描かれない。これは、想哉の目線から描かれた物語ということもあるのかもしれないが、あえて文字として書くことなく、読者に想像する余地を与えてくれているのではないだろうか。

台本の完成に向けて前へ前へと前進していく、想哉の生に満ち溢《あふ》れた展開に対して、刻一刻と確実に迫ってくる死の訪れを、長年愛しく大切に想い続けていた人に見守られながら待つ谷口。この明暗のはっきりと分かれた対比は、物語のカーテンコールが近いこと、そして谷口の死期が近いことを暗に予感させ、二つの意味で極度の緊張と昂揚《こうよう》をもたらしてくれる。

作中の登場人物達。特に小野寺作品の主人公に多く共通する部分として、他人の気持ちを慮《おもんぱか》れる、相手の話を静かに聞いてあげられるという性格が特徴的だ。そんな性格が災いして、好き放題に罵《ののし》られたり、怒鳴《どな》られたりすることもあるし、時には赤の他人に、身に覚えのない因縁をつけられて喧嘩《けんか》を売られてしまうこともある。学校や会社等の半強制的に作られたコミュニティーの中では、必ずこういう役割を担っている人がいる。こういう人は、社会や集団生活の歯車を回すためには必要不可欠な存在だけれど、役者として表舞台に立つことなく、裏方に徹してしまうことが多いかもしれない。小野寺作品は、そんな影の立役者である、誰よりも周りに気を使っている貴方《あなた》の才能を見出し、主役として陽《ひ》のあたる場所へと連れ出してくれる。

はっきり言って、私は映画や漫画、音楽等も含めた広義の意味に於いて、物語が誰かの人生を救ったり、手を引いて導いたりしてくれることは無いと思っている。勿論《もちろん》、物語に感化されて何かを始めるきっかけをもらったり、人生の分岐点に於いて何らかの指針になって勇気づけられたりすることはあるかもしれない。けれど、実際に全ての行動を起こすのは自分自身だけだ。読者の背中をそっと後押しする著者の声が、『家族のシナリオ』から聞こえてくる気がする。

不登校児になってしまった息子に向けた選書を先日お客様からお願いされた。何冊かの本をご紹介させてもらった中、お客様が購入して下さったのは、今年の本屋大賞二位で惜しくも大賞を逃した『ひと』(祥伝社刊)だった。

「母親が選んだ本なんて読みたくないと言われるかもしれない。それでも、自分を見つめ直すきっかけになるような本を、息子に買ってあげたかったんです」

お客様がお帰りになった後に、『ひと』を陳列している売り場を改めて眺めてみると、購入の決め手になったのは、私の接客ではなく、売り場に飾っている小野寺さん直筆のサイン色紙に書かれた一文だったことに気づいた。

「この本があなたの味方になりますように」

《参考文献》
『演劇入門』著・平田オリザ（講談社現代新書）
『幕が上がる』著・平田オリザ（講談社文庫）
『ヒッチコックを読む／やっぱりサスペンスの神様！』
編・筈見有弘（フィルムアート社）

この物語はフィクションです。

登場人物、団体等は実在のものとは一切関係ありません。

この作品『家族のシナリオ』は平成二十八年六月、小社より四六判で刊行されたものです。

一〇〇字書評

切り取り線

購買動機（新聞、雑誌名を記入するか、あるいは○をつけてください）

□（　　　　　　　　　　　　）の広告を見て	
□（　　　　　　　　　　　　）の書評を見て	
□ 知人のすすめで	□ タイトルに惹かれて
□ カバーが良かったから	□ 内容が面白そうだから
□ 好きな作家だから	□ 好きな分野の本だから

・最近、最も感銘を受けた作品名をお書き下さい

・あなたのお好きな作家名をお書き下さい

・その他、ご要望がありましたらお書き下さい

住所	〒				
氏名		職業		年齢	
Eメール	※携帯には配信できません	新刊情報等のメール配信を 希望する・しない			

この本の感想を、編集部までお寄せいただけたらありがたく存じます。今後の企画の参考にさせていただきます。Eメールでも結構です。

いただいた「一〇〇字書評」は、新聞・雑誌等に紹介させていただくことがあります。その場合はお礼として特製図書カードを差し上げます。

前ページの原稿用紙に書評をお書きの上、切り取り、左記までお送り下さい。宛先の住所は不要です。

なお、ご記入いただいたお名前、ご住所等は、書評紹介の事前了解、謝礼のお届けのためだけに利用し、そのほかの目的のために利用することはありません。

〒一〇一-八七〇一
祥伝社文庫編集長　清水寿明
電話　〇三（三二六五）二〇八〇

祥伝社ホームページの「ブックレビュー」からも、書き込めます。

www.shodensha.co.jp/bookreview

祥伝社文庫

家族《かぞく》のシナリオ

令和 元 年 7 月 20 日　初版第 1 刷発行
令和 5 年 2 月 10 日　第 2 刷発行

著　者　小野寺史宜《おのでらふみのり》

発行者　辻浩明

発行所　祥伝社《しょうでんしゃ》
東京都千代田区神田神保町 3-3
〒 101-8701
電話　03（3265）2081（販売部）
電話　03（3265）2080（編集部）
電話　03（3265）3622（業務部）
www.shodensha.co.jp

印刷所　錦明印刷
製本所　ナショナル製本
カバーフォーマットデザイン　芥 陽子

 ISBN978-4-396-34544-0 C0193

祥伝社文庫の好評既刊

小野寺史宜　**ホケツ！**

一度も公式戦に出場したことのない大《だい》地《ち》は伯母さんに一つ嘘をついていた。自分だけのポジションを探し出す物語。

朝倉かすみ　**玩具《おもちゃ》の言い分**

こんな女になるはずじゃなかった⁉ ややこしくて臆病なアラフォーたちの姿を赤裸々に描いた傑作短編集。

あさのあつこ　**かわうそ**　お江戸恋語り。

〈川獺《かわうそ》〉と名乗る男に出逢い恋に落ちたお八重《やえ》。その瞬間《とき》から人生が一変。謎が、死が、災厄が忍び寄ってきた……。

飛鳥井千砂　**君は素知《そし》らぬ顔で**

気分屋の彼に言い返せない由紀江《ゆきえ》。彼の態度は徐々にエスカレートし……。心のささくれを描く傑作六編。

五十嵐貴久　**For You**

叔母が遺《のこ》した日記帳から浮かび上がる三〇年前の真実——彼女が生涯を懸《か》けた恋とは？

五十嵐貴久　**編集ガール！**

出版社の経理部で働く久美子《くみこ》。突然編集長に任命され大パニック！ 問題ばかりの新雑誌は無事創刊できるのか⁉

祥伝社文庫の好評既刊

石持浅海　わたしたちが少女と呼ばれていた頃

教室は秘密と謎だらけ。少女と大人の間を揺れ動きながら成長していく。名探偵碓氷優佳の原点を描く学園ミステリー。

市川拓司　ぼくらは夜にしか会わなかった

初めての、生涯一度の恋ならば、みっともなくたっていい。〝忘れられない人がいる〟あなたに贈る愛の物語。

乾　ルカ　花が咲くとき

真夏の雪が導いた謎の老人と彼を監視する少年の長い旅。人生に大切なものが詰まった心にしみる感動の物語。

垣谷美雨　子育てはもう卒業します

就職、結婚、出産、嫁姑問題、子供の進路……ずっと誰かのために生きてきた女性たちの新たな出発を描く物語。

垣谷美雨　農ガール、農ライフ

職なし、家なし、彼氏なし――。どん底女、農業始めました。一歩踏み出す勇気をくれる、再出発応援小説！

小手鞠るい　ロング・ウェイ

人生は涙と笑い、光と陰に彩られた長い道のり。時と共に移ろいゆく愛の形を描いた切ない恋愛小説。

祥伝社文庫の好評既刊

島本理生　匿名者のためのスピカ

危険な元交際相手と消えた彼女を追って南の島に向かうが……著者が初めて挑む、衝撃の恋愛サスペンス！

白河三兎　ふたえ

「ひとりぼっちでいることは、青春の無駄遣いですか？」切ない驚きがあなたを包み込む、修学旅行を巡る物語。

小路幸也　うたうひと

仲違《たが》い中のデュオ、母親に勘当されたドラマー、盲目のピアニスト……。温かい歌《ストーリー》が聴こえる傑作小説集。

小路幸也　さくらの丘で

今年もあの桜は美しく咲いていますか――遺言により孫娘に引き継がれた西洋館。亡き祖母が託した思いとは？

小路幸也　娘の結婚

娘の結婚相手の母親と、亡き妻との間には確執があった？　娘の幸せをめぐる、男親の静かな葛藤と奮闘の物語。

瀬尾まいこ　見えない誰かと

人見知りが激しかった筆者。その性格が、どんな出会いによってどう変わったか。よろこびを綴った初エッセイ！

祥伝社文庫の好評既刊

原田マハ
でーれーガールズ
漫画好きで内気な鮎子《あゆこ》、美人で勝気な武美《たけみ》。三〇年ぶりに再会した二人の、でーれー（ものすごく）熱い友情物語。

はらだみずき
はじめて好きになった花
「登場人物の台詞が読後も残り続ける」——北上次郎《きたがみじろう》氏。そっとしまっておきたい思い出を抱えて生きるあなたに。

藤岡陽子
陽だまりのひと
争いのためではなく、もう一度よく生きられるように。依頼人の心に寄り添い奮闘する小さな法律事務所の物語。

三浦しをん
木暮荘《こぐれそう》物語
小田急線・世田谷代田《せたがやだいた》駅から徒歩五分、築ウン十年。ぼろアパートを舞台に贈る、愛とつながりの物語。

椰月美智子
純愛モラトリアム
はずかしくて切ない……でも楽しい。イタい恋は大人への第一歩。不器用な恋愛初心者たちを描く心温まる物語。

柚木麻子
早稲女《ワセジョ》、女、男
自意識過剰で面倒臭い早稲女の香夏子《かなこ》と、彼女を取り巻く女子五人。東京で生きる女子の等身大の青春小説。